INHALT

W0111119

Johann Karl August Musäus

DIE LEGENDEN
VON
RÜBEZAHL

Herausgegeben von
Fritz van Eycken

HAFFMANS VERLAG
BEI ZWEITAU-SENDEINS

Diese Ausgabe folgt satz-, wort-, buchstaben-
& zeichengetreu der Ausgabe:
»Volksmärchen der Deutschen. Von J. K. A. Musäus. Erster Theil.
Legenden von Rübezahl.« Berlin: Gustav Hempel o. J.

1. Auflage, Oktober 2012

Copyright © 2012 Haffmans Verlag
bei Zweitausendeins Versand-Dienst GmbH,
Karl-Tauchnitz-Straße 6, D-04107 Leipzig.

Rübezahl-Vignetten von Ludwig Richter.
Gestaltung & Produktion von Urs Jakob,
Werkstatt im Grünen Winkel, CH-8400 Winterthur.
Satz: Fotosatz Amann, Aichstetten.
Druck & Bindung: Ebner & Spiegel in Ulm.
Printed in Germany.

Dieses Buch gibt es nur bei Zweitausendeins im Versand,
Postfach 110307, D-10833 Berlin (für Bestellungen),
Telefon 069-4 20 80 00, Fax 069-41 50 03.
Internet www.Zweitausendeins.de,
E-Mail Service@Zweitausendeins.de.
Oder in den Zweitausendeins-Läden in Augsburg, 2x Berlin,
Bonn, Braunschweig, Bremen, Darmstadt, Düsseldorf, Erfurt,
Frankfurt am Main, Freiburg, Göttingen, 2x Hamburg, Hannover,
Karlsruhe, Koblenz, Köln, Leipzig, Mannheim, Marburg,
München, Münster, Neustadt an der Weinstraße, Nürnberg,
Oldenburg, Stuttgart & Ulm.

ISBN 978-3-86150-492-4

DIE
LEGENDEN
VON
RÜBEZAHL

ERSTE LEGENDE

Wie Rübezahl
seinen Namen bekam

Auf den oft und matt besungenen Sudeten, dem Parnaß der Schlesier, hauset in friedlicher Eintracht neben Apoll und den neun Musen der berufene Berggeist, Rübezahl genannt, der das Riesengebirge traun berühmter gemacht hat als die schlesischen Dichter allzumal. Dieser Fürst der Gnomen besitzt zwar auf der Oberfläche der Erde nur ein kleines Gebiet, von wenig Meilen im Umfang, mit einer Kette von Bergen umschlossen, und theilt dies Eigenthum noch mit zwei mächtigen Monarchen, die sein Condominium nicht einmal anerkennen. Aber wenige Lachter unter der urbaren Erdrinde hebt seine Alleinherrschaft an, die kein Partagetraktat zu schmälern vermag, und erstreckt sich auf achthundert sechzig Meilen in die Tiefe, bis zum Mittelpunkt der Erde. Zuweilen gefällt es dem unterirdischen Starosten, seine weitgedehnten Provinzen in dem Abgrunde zu durchkreuzen, die unerschöpflichen Schatzkammern edler Fälle und Flötze zu beschauen, die Knappschaft der Gnomen zu mustern und in Arbeit zu setzen, theils um die Gewalt der Feuerströme im

Eingeweide der Erde durch feste Dämme aufzuhalten, theils mineralische Dämpfe zu fahen, mit reichhaltigen Schwaden taubes Gestein zu beschwängern und es in edles Erz zu verwandeln. Zuweilen entschlägt er sich aller unterirdischen Regierungssorgen, erhebt sich zur Erholung auf die Grenzfeste seines Gebiets und hat sein Wesen auf dem Riesengebirge, treibt da Spiel und Spott mit den Menschenkindern wie ein froher Uebermüthler, der, um einmal zu lachen, seinen Nachbar zu Tode kitzelt.

Denn Freund Rübezahl, sollt Ihr wissen, ist geartet wie ein Kraftgenie, launisch, ungestüm, sonderbar; bengelhaft, roh, unbescheiden; stolz, eitel, wankelmüthig, heute der wärmste Freund, morgen fremd und kalt; zu Zeiten gutmüthig, edel und empfindsam; aber mit sich selbst in stetem Widerspruch, albern und weise, oft weich und hart in zween Augenblicken, wie ein Ei, das in siedend Wasser fällt; schalkhaft und bieder, störrisch und beugsam; nach der Stimmung, wie ihn Humor und innerer Drang beim ersten Anblick jedes Ding ergreifen läßt.

Von Olim's Zeiten her, ehe noch Japhet's Nachkömmlinge so weit nordwärts gedrungen waren, daß sie diese Gegenden wirthbar machten, tosete Rübezahl schon im wilden

Gebirge, hetzte Bären und Auerochsen an einander, daß sie zusammen kämpften, oder scheuchte mit grausendem Getöse das scheue Wild vor sich her und stürzte es von den steilen Felsenklippen hinab in's tiefe Thal. Dieser Jagden müde, zog er wieder seine Ehrichsstraße durch die Regionen der Unterwelt und weilte da Jahrhunderte, bis ihn von Neuem die Lust anwandelte, sich an die Sonne zu legen und des Anblicks der äußern Schöpfung zu genießen. Wie nahm's ihn Wunder, als er einst bei seiner Rückkehr, von dem beschneiten Gipfel des Riesengebirges umherschauend, die Gegend ganz verändert fand! Die düstern undurchdringlichen Wälder waren ausgehauen und in fruchtbares Ackerfeld verwandelt, wo reiche Ernten reiften. Zwischen den Pflanzungen blühender Obstbäume ragten die Strohdächer geselliger Dörfer hervor, aus deren Schlot friedlicher Hausrauch in die Luft wirbelte; hier und da stand eine einsame Warte auf dem Abhang eines Berges zu Schutz und Schirm des Landes; in den blumenreichen Auen weideten Schafe und Hornvieh, und aus den lichten Hainen tönten melodische Schalmeien.

Die Neuheit der Sache und die Annehmlichkeit des ersten Anblicks ergetzten den verwunderten Territorialherrn so sehr, daß er über die eigenmächtigen Pflanzer, die ohne seine Vergünstigung hier wirthschafteten, nicht unwillig ward, noch in ihrem Thun und Wesen sie zu stören begehrte, sondern sie so ruhig im Besitz ihres angemaßten Eigenthums ließ, wie ein gutmüthiger Hausvater der geselligen Schwalbe oder selbst dem überlästigen Spatz unter seinem Obdach Aufenthalt gestattet. Sogar war er Sinnes, mit den Menschen, dieser Zwittergattung von Geist und Thier, Bekanntschaft zu machen, ihre Art und Natur zu erforschen und mit ihnen Umgang zu pflegen. Er nahm die Gestalt eines rüstigen Ackerknechtes an und verdung sich bei dem ersten besten Landwirth in Arbeit. Alles was er unternahm, gedieh wohl unter seiner Hand, und Rips, der Ackerknecht, war für den besten Arbeiter im Dorfe bekannt. Aber sein Brodherr war ein Prasser und Schlemmer, der den Erwerb des treuen Knechts verschwendete und ihm seine Mühe und Arbeit wenig Dank wußte; darum schied er von ihm und kam zu dessen Nachbar, der ihm seine Schafherde untergab; er wartete dieser fleißig, trieb sie in Einöden und auf steile Berge, wo gesunde Kräuter wuchsen. Die Herde gedieh gleichfalls unter seiner Hand und mehrte sich, kein Schaf stürzte vom Felsen herab und brach das Genicke, und kein's zerriß der Wolf.

Aber sein Brodherr war ein karger Filz, der seinen treuen Knecht nicht lohnte wie er sollte; denn er stahl den besten Widder aus der Herde und kürzte dafür das Hirtenlohn. Darum entlief er dem Geizhals und diente dem Richter als Herrenknecht, ward die Geißel der Diebe und fröhnte der Justiz mit strengem Eifer. Aber der Richter war ein ungerechter Mann, beugte das Recht, richtete nach Gunst und spottete der Gesetze. Weil Rips nun nicht das Werkzeug der Ungerechtigkeit sein wollte, sagte er dem Richter den Dienst auf und ward in den Kerker geworfen, aus welchem er jedoch auf dem gewöhnlichen Wege der Geister, durch's Schlüsselloch, leicht einen Ausgang fand.

Dieser erste Versuch, das Studium der Menschenkunde zu treiben, konnte ihn unmöglich zur Menschenliebe erwärmen; er kehrte mit Verdruß auf seine Felsenzinne zurück, überschaute von da die lachenden Gefilde, welche die menschliche Industrie verschönert hatte und wunderte sich, daß die Mutter Natur ihre Spenden an solche Bastardbrut verlieh. Demungeachtet wagte er noch eine Ausflucht in's Land für's Studium der Menschheit, schlich unsichtbar herab in's Thal und lauschte in Busch und Hecken. Da stand vor ihm die Gestalt eines reizvollen Mäd-

chens, lieblich anzuschauen, wie die Medice-
ische Venus und auch ohne alle Draperie;
denn sie stieg eben in's Bad. Rings um sie hatten sich ihre Gespielinnen in's Gras gelagert
an einem Wasserfall, der seine Silberfluth in
ein kunstloses Becken goß, scherzten und ko-
seten mit ihrer Gebieterin in unschuldsvoller
Fröhlichkeit. Dieser Anblick wirkte so wun-
dersam auf den lauschenden Berggeist, daß
er schier seiner geistigen Natur und Eigen-
schaft vergaß, sich das Loos der Sterblichkeit
wünschte und mit eben der Lüsternheit, wie
ehedem seine Konsorten in der ersten Welt,
nach den Töchtern der Menschen sah. Aber
die Organe der Geister sind so fein, daß sie
keinen festen und bleibenden Eindruck annehmen; der Gnome fand, daß es ihm an Körper gebrach, das Bild der badenden Schönen
durch die verfinsterte Kammer des Auges
aufzufassen und in seiner Imagination zu
fixiren. Deshalb verwandelte er sich in einen
schwarzen Kolkraben und schwang sich auf
einen hohen Eschenbaum, der das Bad überschattete, des anmuthsvollen Schauspiels zu
genießen. Doch dieser Fund war nicht zum
Besten ausgedacht; er sah Alles mit Raben-
augen und empfand als Rabe; ein Nest Wald-
mäuse hatte jetzt für ihn mehr Anziehendes
als die badende Nymphe; denn die Seele wirkt

in ihrem Denken und Wollen nie anders als in Gemäßheit des Körpers, der sie umgiebt.

Diese psychologische Bemerkung war nicht sobald gemacht, als der Fehler auch verbessert war; der Rabe flog in's Gebüsche und gestaltete sich in einen blühenden Jüngling um. Das war der rechte Weg, ein Mädchenideal in seiner ganzen Vollkommenheit zu umfassen. Es erwachten Gefühle in seiner Brust, davon er seit seiner Existenz noch nichts geahnt hatte; alle Ideen bekamen einen neuen Schwung, er empfand eine gewisse Unruhe, sein Verlangen rang und strebte nach einem Etwas außer sich, dafür er keinen Namen hatte. Ein unwiderstehlicher Trieb zog ihn mechanisch wie ein Flaschenzug nach dem Wasserfalle hin, und doch fand er in sich eine eben so mächtige Gegenwirkung, eine gewisse Scheu, der Mediceerin im Bade sich in der Verkörperung zu nahen, oder durch's Gesträuch hervorzubrechen, durch welches sein Auge gleichwohl eine verstohlene Aussicht auszuspähen strebte.

Die schöne Nymphe war die Tochter des schlesischen Pharao, der in der Gegend des Riesengebirges damals herrschte. Sie pflegte oft mit den Jungfrauen ihres Hofes in den Hainen und Büschen des Gebirgs zu lustwandeln, Blumen und Wohlgeruch duftende Kräuter zu sammeln, oder für die Tafel ihres

Vaters in jenem frugalen Zeitalter ein Körbchen Waldkirschen oder Erdbeeren zu pflükken, und, wenn der Tag heiß war, sich bei der Felsenquelle am Wasserfalle zu erfrischen und darin zu baden. Von jeher scheinen die Bäder der Tummelplatz verliebter Abenteuer gewesen zu sein, und in diesem Rufe stehen sie noch bis auf den heutigen Tag. Das Bad im Riesengebirge veranlaßte wenigstens die heterogene Liebesintrigue zwischen einem Gnomen und einem sterblichen Mädchen. Von diesem Augenblicke an bannte die Liebe durch ihren süßen Zauber den inokulirten Berggeist an diesen Platz, den er nicht mehr verließ, und täglich der Wiederkehr der reizenden Badegesellschaft mit Ungeduld entgegenharrte.

Die Nymphe zögerte lange; doch in der Mittagsstunde eines schwülen Sommertages besuchte sie wieder mit ihrem Gefolge die kühlen Schatten am Wasserfalle. Ihre Verwunderung ging über Alles, da sie den Ort ganz verändert fand; die rohen Felsen waren mit Marmor und Alabaster bekleidet, das Wasser stürzte nicht mehr in einem wilden Strom von der steilen Bergwand, sondern rauschte, durch viele Abstufungen gebrochen, mit sanftem Gemurmel in ein weites Marmorbecken herunter, aus dessen Mitte ein rascher Wasserstrahl emporstrebte und, in einen dichten

Platzregen verwandelt, den ein laues Lüftchen bald auf diese bald auf jene Seite warf, in den Wasserbehälter zurückplätscherte. Maßlieben, Zeitlosen und das romantische Blümlein Vergißmeinnicht blühten an dessen Rande, Rosenhecken, mit wildem Jasmin und Silberblüthen vermengt, zogen sich in einiger Entfernung umher und bildeten das angenehmste Luststück. Rechts und links der Kaskade öffnete sich der doppelte Eingang einer prächtigen Grotte, deren Wände und Bogengewölbe mit mosaischer Bekleidung prangten, von farbigen Erzstufen, Bergkrystall und Frauenglas, Alles funkelnd und flimmernd, daß der Abglanz davon das Auge blendete. In verschiedenen Nischen waren die niedlichsten Erfrischungen aufgetischt, deren Anblick zum Genuß einladete.

Die Prinzessin stand lange in stummer Verwunderung da, wußte nicht, ob sie ihren Augen trauen, diesen bezauberten Ort betreten oder fliehen sollte. Aber sie war Mutter Evens Tochter und konnte der Begierde nicht widerstehen, Alles zu beschauen und von den herrlichen Früchten zu kosten, die für sie aufgetragen zu sein schienen. Nachdem sie mit ihrem Gefolge in diesem kleinen Tempel sich sattsam erlustigt und Alles fleißig durchgemustert hatte, lüstete ihr, in dem Bassin zu baden. Sie befahl den Dirnen, Wacht zu halten und umherzuschauen, damit kein verwegener Blick irgend eines Lauschers im Gebüsche ihre jungfräuliche Verschämtheit entweihen möchte.

Kaum war die liebliche Nymphe über den glatten Rand des Marmorbeckens hinabgeschlüpft, so sank sie in eine endlose Tiefe, obgleich der betrügliche Silberkies, der aus dem seichten Grunde hervorschien, keine Gefahr vermuthen ließ. Schneller als die herzueilenden Jungfrauen das goldgelbe Haar der blonden Gebieterin erfassen konnten, hatte die gefräßige Fluth sie schon verschlungen. Laut ließ die bange Schaar der erschrockenen Mädchen Klage, Ach und Weh erschallen, als ihr Fräulein vor ihren sichtlichen Augen dahinschwand; sie rangen und wanden die schneeweißen Hände, flehten die Najaden vergebens um Erbarmung an und liefen ängstlich am marmornen Gestade hin und wieder, indeß das Springwasser recht geflissentlich sie mit einem Platzregen nach dem andern übergoß. Doch wagte es keine, der Entschwommenen nachzuspringen, außer Brinhild, ihre liebste Gespielin, die nicht säumte, in den bodenlosen Mälstrom sich zu stürzen, gleiches Schicksal mit ihrem geliebten Fräulein erwartend. Aber sie schwamm als ein leichter Kork auf dem Wasser, und alles Bestrebens ungeachtet war sie nicht vermögend unterzutauchen.

Hier war kein anderer Rath, als dem Könige die traurige Begebenheit mit seiner Tochter zu hinterbringen. Wehklagend begegne-ten ihm die zagenden Dirnen, da er eben mit seinen Jägern zu Walde zog. Der König zerriß sein Kleid vor Betrübniß und Entsetzen, nahm die goldene Krone vom Haupte, verhüllte sein Angesicht mit dem Purpurmantel, weinte und stöhnte laut über den Verlust der schönen Emma.

Nachdem er der Vaterliebe den ersten Thränenzoll entrichtet hatte, stärkte er seinen Muth und eilte, das Abenteuer am Wasserfalle selbst zu beschauen. Aber der angenehme Zauber war verschwunden, die rohe Natur stand wieder da in ihrer vorigen Wildheit; da war keine Grotte, kein Marmorbad, kein Rosengehege, keine Jasminlaube. Dem guten König ahnte zum Glück nichts von einer Entführung seiner Tochter durch irgend einen irrenden Ritter, denn Entführungen waren damals noch nicht Sitte im Lande; also erpreßte er von den Dirnen weder durch Drohungen noch Folter ein Geständniß von dem plötzlichen Verschwinden der Prinzessin, das glaubwürdiger gewesen wäre als die Wahrheit. Vielmehr nahm er ihren Bericht auf Treu' und Glauben an und meinte, Thor oder Wodan, oder sonst einer der Götter sei bei dieser wunderbaren Begebenheit mit im Spiel gewesen, setzte darauf die Jagdpartie fort und tröstete sich bald über seinen Verlust; denn die Erdenkönige fühlen eigentlich keinen Kummer als den Verlust ihrer Krone.

Unterdessen befand sich die liebreizende Emma in den Armen ihres geistigen Liebhabers nicht übel. Meister Schwimmart hatte sie durch das Gaukelspiel einer theatermäßigen Versenkung nur den Augen ihres Gefolges entzogen, und führte sie durch einen unterirdischen Weg in einen prächtigen Palast, mit welchem die väterliche Residenz in keine Vergleichung kam. Als sich die Lebensgeister der Prinzessin wieder erholt hatten, befand sie sich auf einem gemächlichen Sopha, angethan mit einem Gewand von rosenfarbenem Satin und einem jungfräulichen Gürtel von himmelblauer Seide, der aus der Garderobe der Liebesgöttin entwendet zu sein schien. Ein junger Mann von anlockender Physiognomie lag zu ihren Füßen und that ihr mit dem wärmsten Gefühl das Geständniß der Liebe, welches sie mit schamhaftem Erröthen annahm. Der entzückte Gnome unterrichtete sie hierauf von seinem Stand und seiner Herkunft, von den unterirdischen Staaten, die er beherrschte, führte sie durch die Zimmer und Säle des Schlosses und zeigte ihr alle Pracht und Reichthum desselben. Ein herrlicher Lustgarten umgab das Schloß von drei Seiten, der mit seinen Blumenstücken und Rasenplätzen, auf deren grüner Fläche ein kühler Schatten schwamm, dem Fräulein vornehmlich zu behagen schien. Alle Obstbäume trugen purpurrothe, mit Gold gesprenkelte oder zur Hälfte übergüldete Aepfel, dergleichen weder Hirschfeld's Gartenkunst, noch sonst ein Gartengenie heutzutage der Natur abzulocken vermag. Das Gebüsch war mit Singvögeln angefüllt, die ihre hundertstimmigen Symphonien hervortönten. In den traulichen Bogengängen lustwandelte das empfindsame Paar, sah zu Zeiten in den Mond, oder der Gnome parentirte einer am Busen seiner Geliebten welkenden Blume. Sein Blick hing an ihren Lippen, und sein Ohr trank gierig die sanften Töne aus ihrem melodischen Munde; jedes Wort ging ihm glatt ein wie Honigseim; in einem äonenlangen Leben hatte er dergleichen selige Stunden noch nie genossen, als ihm jetzt die erste Liebe gab.

Nicht gleiches Wonnegefühl empfand die reizende Emma in ihrem Busen. Ein gewisser Trübsinn hing über ihrer Stirn, sanfte Schwermuth und zärtliches Hinschmachten, welches der weiblichen Gestalt so viel Zauberreiz mittheilt, veroffenbarten allgenugsam, daß geheime Wünsche in ihrem Herzen verborgen lagen, die nicht völlig mit den seinigen sympathisirten. Er machte gar bald diese Entdeckung und bestrebte sich, durch tausend Liebkosungen diese Wolken zu zerstreuen und die Schöne aufzuheitern; wiewohl vergebens. Der Mensch, dachte er bei sich selbst, ist ein geselliges Thier wie die Biene und die Ameise; der schönen Sterblichen gebricht's an Unterhaltung. Mann und Weib mag wol in die Länge eine todte Gesellschaft sein. Wem soll sich Madame mittheilen? für wen ihren Putz ordnen? mit wem darüber zu Rathe gehen, und was soll ihre Eitelkeit nähren? Konnt's doch das erste Weib in Eden's Gefilden nicht lange mit ihrem ernsthaften Konsorten aushalten und wählte darum die Schlange zur Confidente. Flugs ging er hinaus in's Feld, zog auf einem Acker ein Dutzend Rüben aus, legte sie in einen zierlich geflochtenen Deckelkorb und brachte diesen der schönen Emma, die melancholisch einsam in der beschatteten Laube eine Rose entblätterte. »Schönste der Erdentöchter,« redete sie der Gnome an, »verbanne allen Trübsinn aus Deiner Seele, und öffne Dein Herz der geselligen Freude; Du sollst nicht mehr die Einsamtrauernde in meiner Wohnung sein. In diesem Korbe ist Alles, was Du bedarfst, diesen Aufenthalt Dir angenehm zu machen. Nimm den kleinen buntgeschälten Stab und gieb durch die Berührung mit demselben den Erdgewächsen im Korbe die Gestalten, welche Dir gefallen.«

Hierauf verließ er die Prinzessin, und sie weilte keinen Augenblick, mit dem Zauberstabe laut Instruktion zu verfahren, nachdem sie den Deckelkorb eröffnet hatte. »Brinhild,« rief sie, »liebe Brinhild, erscheine!« Und Brinhild lag zu ihren Füßen, umfaßte die Knie ihrer Gebieterin und benetzte ihren Schooß mit Freudenzähren, liebkoste sie freundlich, wie sie sonst zu thun pflegte. Die Täuschung war so vollkommen, daß Fräulein Emma selbst nicht wußte, wie sie mit ihrer Schöpfung dran war: ob sie die wahre Brinhild hergezaubert hatte, oder ob ein Blendwerk das Auge betrog. Sie überließ sich indessen ganz den Empfindungen der Freude, ihre liebste Gespielin um sich zu haben, lustwandelte mit ihr Hand in Hand im Garten umher, ließ sie dessen herrliche Anlagen bewundern und pflückte ihr goldgesprenkelte Aepfel von den Bäumen. Hierauf führte sie ihre Freundin durch alle Zimmer im Palast bis in die Kleiderkammer, wo der weibliche Kontemplationsgeist so viel Nahrung fand, daß sie bis zu Sonnenuntergang darin verweilten. Alle Schleier, Gürtel, Ohrenspangen wurden gemustert und anprobirt. Die postische Brinhild wußte sich dabei so gut zu benehmen und zeigte so viel Geschmack in der Wahl und Anordnung des weiblichen Putzes, daß, wenn sie ihrer Natur und Wesen nach nichts als eine Rübe war, ihr wenigstens Niemand den Ruhm absprechen konnte, die Krone ihres Geschlechts zu sein.

Der spähende Gnome war entzückt über den Tiefblick, den er in das weibliche Herz gethan zu haben vermeinte, und freute sich über den guten Fortgang in der Menschenkunde. Die schöne Emma dünkte ihm jetzt schöner, freundlicher und heiterer zu sein als jemals. Sie unterließ nicht, ihren ganzen Rübenvorrath mit dem Zauberstabe zu beleben, gab ihnen die Gestalt der Jungfrauen, die ihr vordem aufzuwarten pflegten, und weil noch zwei Rüben übrig waren, bildete sie die eine zu einer Cyperkatze um, so schön und zuthätig als weiland Fräulein Rosaurens Murner war, und aus der andern schuf sie einen niedlichen hüpfenden Beni. Sie richtete nun ihren Hofstaat wieder ein, theilte einer jeden der aufwartenden Dirnen ein gewisses Geschäfte zu, und nie wurde eine Herrschaft besser bedient; das Gesinde kam ihren Wünschen zuvor, gehorchte auf den Wink und vollstreckte ihre Befehle ohne den mindesten Widerspruch. Einige Wochen lang genoß sie die Wonne des gesellschaftlichen Vergnügens ungestört, Reihentänze, Sang und Saitenspiel wechselten in dem Harem des Gnomen vom Morgen bis zum Abend; nur merkte das Fräulein nach Verlauf einiger Zeit, daß die frische Gesichtsfarbe ihrer Gesellschafterinnen etwas abbleichte, der Spiegel im Marmorsaal ließ sie zuerst bemerken, daß sie allein wie eine Rose aus der Knospe frisch hervorblühte, da die geliebte Brinhild und die übrigen Jungfrauen welkenden Blumen glichen; gleichwohl versicherten sie alle, daß sie sich wohl befänden, und der freigebige Gnome ließ sie an seiner Tafel auch keinen Mangel leiden. Dennoch zehrten sie sichtbarlich ab, Leben und Thätigkeit schwand von Tag zu Tag mehr dahin, und alles Jugendfeuer erlosch.

Als die Prinzessin an einem heitern Morgen, durch gesunden Schlaf gestärkt, fröhlich in's Gesellschaftszimmer trat, wie schauderte sie zurück, da ihr ein Haufen eingeschrumpfter Matronen an Stäben und Krücken entgegen zitterte, mit Dumpf und Keuchhusten beladen, unvermögend sich aufrecht zu erhalten. Der schäkernde Beni hatte alle Viere von sich gestreckt, und der schmeichelnde Cyper konnte sich vor Kraftlosigkeit kaum noch regen und bewegen. Bestürzt eilte die Prinzessin aus dem Zimmer, der schaudervollen Gesellschaft zu entfliehen, trat hinaus auf den Söller des Portals und rief laut den Gnomen, welcher alsbald in demüthiger Stellung auf ihr Geheiß erschien. »Boshafter Geist, redete sie ihn zornmüthig an, warum mißgönnst Du mir die einzige Freude meines harmvollen Lebens, die Schattengesellschaft meiner ehemaligen Gespielinnen? Ist diese Einöde nicht genug, mich zu quälen, willst Du sie noch in ein Spital verwandeln? Augenblicklich gieb meinen Dirnen Jugend und Wohlgestalt wieder, oder Haß und Verachtung soll Deinen Frevel rächen.« »Schönste der Erdentöchter, gegenredete der Gnome, zürne nicht über die Gebühr! Alles, was in meiner Gewalt ist, steht in Deiner Hand; aber das Unmögliche fordere nicht von mir. Die Kräfte der Natur gehorchen mir, doch vermag ich nichts gegen ihre unwandelbaren Gesetze. So lange vegetirende Kraft in den Rüben war, konnte der magische Stab ihr Pflanzenleben nach Deinem Gefallen verwandeln; aber ihre Säfte sind nun vertrocknet, und ihr Wesen neigt sich nach der Zerstörung hin; denn der belebende Elementargeist ist verraucht. Jedoch das soll Dich nicht kümmern, Geliebte, ein frischgefüllter Deckelkorb kann den Schaden leicht ersetzen; Du wirst daraus alle die Gestalten wieder hervorrufen, die Du begehrst. Gieb jetzt der Mutter Natur ihre Geschenke zurück, die Dich so angenehm unterhalten haben; auf dem großen Rasenplatze im Garten wirst Du bessere Gesellschaft finden.« Der Gnome entfernte sich darauf, und Fräulein Emma nahm ihren buntgeschälten Stab zur Hand, berührte damit die gerunzelten Weiber, las die eingeschrumpften Rüben zusammen, und that damit, was Kinder, die eines Spielzeugs, oder auch Fürsten, die ihrer Favoriten müde sind, zu thun pflegen: sie warf den Plunder in's Kehricht und dachte nicht mehr daran.

Leichtfüßig hüpfte sie nun über die grünen Matten dahin, den frisch gefüllten Deckelkorb in Empfang zu nehmen, den sie gleichwohl nirgends fand. Sie ging den Garten auf und nieder, spekulirte fleißig umher; aber es wollte kein Korb zum Vorschein kommen. Am Traubengeländer kam ihr der Gnome entgegen mit so sichtbarer Verlegenheit, daß sie seine Bestürzung schon von ferne wahrnahm. »Du hast mich getäuscht, sprach sie, wo ist der Deckelkorb geblieben? Ich suche ihn schon seit einer Stunde vergebens.« – »Holde Gebieterin meines Herzens, antwortete der Geist, wirst Du mir meinen Unbedacht verzeihen? Ich versprach mehr als ich geben konnte, ich habe das Land durchzogen, Rüben aufzusuchen, aber sie sind längst geerntet und welken in dumpfigen Kellern. Die Fluren trauern, unten im Thale ist's Winter, nur Deine Gegenwart hat den Frühling an diesen Felsen gefesselt, und unter Deinem Fußtritt sprossen Blumen hervor. Harre nur drei Mondenwechsel in Geduld aus, dann soll Dir's nie an Gelegenheit gebrechen, mit Deinen Puppen zu spielen.« Ehe noch der beredsame Gnome mit dieser Rede zu Ende war, drehte ihm seine Schöne unwillig den Rücken zu und begab sich in ihr Kloset, ohne ihn einer Antwort zu würdigen. Er aber hob sich von dannen in die nächste Marktstadt innerhalb seines Gebiets, kaufte, als ein Pachter gestaltet, einen Esel, den er mit schweren Säcken Sämerei belud, womit er einen ganzen Morgen Landes besäete. Dabei bestellte er einen seiner dienstbaren Geister als Hüter, dem er aufgab, ein unterirdisches Feuer anzuschüren, um die Saat von unten herauf mit linder Wärme zu treiben, wie Ananaspflanzen in einem Lohkasten.

Die Rübensaat schoß lustig auf und versprach in kurzer Zeit eine reiche Ernte; Fräulein Emma ging täglich hinaus auf ihr Ackerfeld, welches zu besehen sie mehr lüstete als die goldenen Aepfel, die aus dem Garten der

Hesperiden in den ihrigen verpflanzt zu sein schienen. Aber Spleen und Mißmuth trübten ihre kornblumfarbenen Augen. Sie weilte am Liebsten in einem düstern, melancholischen Tannenwäldchen am Rande eines Quellbaches, der sein silberhelles Gewässer in's Thal rauschen ließ, und warf Blumen hinein, die in den Odergrund hinabflossen, und daß diese melancholische Zeitkürzung auf geheimen Liebesgram deute, wissen Alle, die sich auf die Symbolik der Liebe verstehen.

Der Gnome sah wol, daß bei dem sorgfältigsten Bestreben, durch tausend kleine Gefälligkeiten sich in der schönen Emma Herz zu stehlen, ihr keine Liebe abzugewinnen war. Demungeachtet ermüdete seine hartnäckige Geduld nicht, durch die pünktlichste Erfüllung ihrer Wünsche sie auszuharren und ihren spröden Sinn zu überwinden. Seine gänzliche Unerfahrenheit in der Liebe bildete ihm ein, die Schwierigkeiten, die sich seinem Verlangen entgegenstellten, möchten wol in den Roman irdischer Liebe gehören; denn er bemerkte sehr fein und richtig, daß dieser Widerstand auch einen gewissen Reiz habe und sehr geschickt sei, den zu hoffenden Triumph dereinst destomehr zu verherrlichen. Aber der Neuling in der Menschenkunde hatte keine Gedanken von der wahren Ursache dieser

Widerspenstigkeit seiner Herzensgebieterin; er nahm als etwas Ausgemachtes an, daß ihr Herz so frei und unbefangen sei als das seine, und war der Meinung, dieses noch unberührte Grundstück gehöre nach allen Rechten ihm als dem ersten Besitznehmer zu.

Doch das war ein großer Irrthum. Ein junger Grenznachbar an den Gestaden der Oder, Fürst Ratibor, hatte den süßen Minnetrieb in dem Herzen der holden Emma bereits angefacht und zur Ausbeute ihre erste Liebe davongetragen, welche, wie behauptet wird, unzerstörbarer sein soll als das Grundwesen der vier Elemente. Schon sah das glückliche Paar dem Tage der Vollziehung ihrer Gelübde entgegen, da die Braut mit einem Mal verschwand. Diese peinliche Nachricht verwandelte den liebenden Ratibor in einen rasenden Roland. Er verließ seine Residenz, zog menschenscheu in einsamen Wäldern umher, klagte den Felsen sein Unglück und trieb all den Unfug eines modernen Romanhelden, den der boshafte Amor schikanirt. Die treue Emma seufzte unterdessen ihren geheimen Gram in dem anmuthigen Gefängniß aus, verschloß aber ihre Herzgefühle so fest in ihrem Busen, daß der spähende Gnome nicht enträthseln konnte, was für Empfindungen sich darin regten. Lange schon hatte sie darauf gesonnen, wie sie ihn überlisten und der lästigen Gefangenschaft entrinnen möchte. Nach mancher durchwachten Nacht sann sie endlich einen Plan aus, der des Versuchs würdig schien, ihn auszuführen.

Der Lenz kehrte in die gebirgischen Thäler zurück, der Gnome ließ das unterirdische Feuer in seinem Treibhaus abgehen, und die Rüben, die durch die Einflüsse des Winters in ihrem Wachsthum nicht waren gehindert worden, gediehen zur Reife. Die schlaue Emma zog täglich einige davon aus und machte damit Versuche, ihnen allerlei beliebige Gestalten zu geben, dem Anschein nach sich damit zu belustigen; aber ihre Absicht ging weiter. Sie ließ eines Tages eine kleine Rübe zur Biene werden, um sie abzuschicken, Kundschaft von ihrem Geliebten einzuziehen. »Fleuch, liebes Bienchen, gegen Aufgang, sprach sie, zu Ratibor, dem Fürsten des Landes, und sumse ihm sanft in's Ohr, daß Emma noch für ihn lebt, aber eine Sclavin ist des Fürsten der Gnomen, der das Gebirge bewohnet; verlier' kein Wort von diesem Gruße und bring mir Botschaft von seiner Liebe.« Die Biene flog alsbald von dem Finger ihrer Gebieterin, wohin sie beordert war; aber kaum hatte sie ihren Flug begonnen, so stach eine gierige Schwalbe auf sie herab und verschlang zum großen Leidwesen des Fräuleins die Botschafterin der Liebe mit allen Depeschen. Darauf formte sie vermöge des wunderbaren Stabes eine Grille, lehrte ihr gleichen Spruch und Gruß. »Hüpfe, kleine Grille, über das Gebirge zu Ratibor, dem Fürsten des Landes, und zirpe ihm in's Ohr, die getreue Emma begehre Entledigung ihrer Banden durch seinen starken Arm.« Die Grille flog und hüpfte so schnell, als sie konnte, auszurichten, was ihr befohlen war; aber ein langbeiniger Storch promenirte eben an dem Wege, darauf die Zirpe zog, erfaßte sie mit seinem langen Schnabel und begrub sie in das Verließ seines weiten Kropfes.

Diese mißlungenen Versuche schreckten die entschlossene Emma nicht ab, einen neuen zu wagen; sie gab der dritten Rübe die Gestalt einer Elster. »Schwanke hin, beredsamer Vogel, sprach sie, von Baum zu Baum, bis Du gelangest zu Ratibor, meinem Sponsen, sag' ihm an meine Gefangenschaft und gieb ihm Bescheid, daß er meiner harre mit Roß und Mann, den dritten Tag von heute, an der Grenze des Gebirges im Maienthale, bereit den Flüchtling aufzunehmen, der seine Ketten zu zerbrechen wagt und Schutz von ihm begehrt.« Die zwiefarbige Aglaster gehorchte, flatterte von einem Ruheplatze zum andern, und die sorgsame Emma begleitete ihren Flug, soweit das Auge trug. Der harmvolle Ratibor irrte noch immer melancholisch in den Wäldern herum; die Rückkehr des Lenzes und die wiederauflebende Natur hatten seinen Kummer nur gemehrt. Er saß unter einer schattenreichen Eiche, dachte an seine Prinzessin und er seufzte laut: Emma! Alsbald gab das vielstimmige Echo ihm diesen geliebten Namen schmeichelhaft zurück; aber zugleich rief auch eine unbekannte Stimme den seinigen aus. Er horchte hoch auf, sah Niemand, wähnte eine Täuschung und hörte den nämlichen Ruf wiederholen. Kurz darauf erblickte er eine Elster, die auf den Zweigen hin und wieder flog und ward inne, daß der gelehrige Vogel ihn beim Namen rief. »Armer Schwätzer, sprach er, wer hat Dich gelehrt, diesen Namen auszusprechen, der einem Unglücklichen zugehört, welcher wünscht, von der Erde vertilgt zu sein wie sein Gedächtniß?« Hierauf faßte er wüthig einen Stein und wollte ihn nach dem Vogel schleudern, als dieser den Namen Emma hören ließ. Dieser Talisman entkräftete den Arm des Prinzen, frohes Entzücken durchschauerte alle seine Glieder, und in seiner Seele bebte es leise nach: Emma! Aber der Sprecher auf dem Baum begann mit der dem Elsterngeschlechte eignen Wohlredenheit den

Spruch, der ihm gelehrt war. Fürst Ratibor vernahm nicht sobald diese fröhliche Botschaft, so ward's hell in seiner Seele; der tödtliche Gram, der die Sinne umnebelt und die Federkraft der Nerven erschlafft hatte, verschwand; er kam wieder zu Gefühl und Besinnung und forschte mit Fleiß von der Glücksverkünderin nach den Schicksalen der holden Emma; aber die gesprächige Elster konnte nichts als mechanisch ihre Lektion ohne Aufhören wiederholen und flatterte davon. Schnellfüßig wie Hasael, eilte der auflebende Waldmisanthrop zu seinem Hoflager zurück, rüstete eilig das Geschwader der Reisigen, saß auf und zog mit ihnen hin an's Vorgebirge seiner guten Hoffnung, das Abenteuer zu bestehen.

Fräulein Emma hatte unterdessen mit weiblicher Schlauheit Alles vorbereitet, ihr Vorhaben auszuführen. Sie ließ ab, den duldsamen Gnomen mit tödtendem Kaltsinn zu quälen, ihr Auge sprach Hoffnung, und ihr spröder Sinn schien beugsamer zu werden. Solche glücklichen Adspekten läßt ein seufzender Liebhaber nicht leicht ungenützt; der geistige Philogyn empfand vermöge seiner geistigen Empfindsamkeit gar bald diese scheinbare Sinnesänderung der holden Spröden. Ein holdseliger Blick, eine freundliche Miene, ein

bedeutsames Lächeln setzten sein entzünd-
bares Wesen in volle Flammen, wie elektri-
sche Funken einen Löffel voll Weingeist. Er
wurde dreister, erneuerte sein Liebesgewerbe,
das lange geruht hatte, bat um Erhörung und
wurde nicht zurückgewiesen. Die Präliminarien waren so gut als unterzeichnet; das Fräulein begehrte nur jungfräulichen Wohlstandes
halber noch einen Tag Bedenkzeit, welchen
ihr der wonnetrunkene Gnome bereitwillig
zugestand.

Den folgenden Morgen, kurz nach Sonnen-
aufgang, trat die schöne Emma geschmückt
wie eine Braut hervor, mit allem Geschmeide
belastet, das sie in ihrem Schmuckkästlein gefunden hatte. Ihr blondes Haar war in einem
Knoten geschürzt, welchen eine Myrtenkrone
überschattete; der Besatz ihres Kleides flin-
kerte von Juwelen, und da ihr der harrende
Gnome auf der großen Terrasse im Lustgarten
entgegenwandelte, bedeckte sie züchtiglich
mit dem Ende des Schleiers ihr schamhaftes
Angesicht. »Himmlisches Mädchen,« stam-
melte er ihr entgegen, »laß mich die Seligkeit
der Liebe aus Deinen Augen trinken und wei-
gere mir nicht länger den bejahenden Blick,
der mich zum glücklichsten Wesen macht, das
jemals die rothe Morgensonne bestrahlt hat!«
Hierauf wollte er ihr Antlitz enthüllen, um

sein Glück aus ihren Augen zu lesen; denn er erdreistete sich nicht, ein mündliches Geständniß von ihr zu erpressen. Das Fräulein aber machte ihre Schleierwolke noch dichter um sich her und gegenredete gar bescheidentlich also: »Vermag eine Sterbliche, Dir zu widerstehen, Gebieter meines Herzens? Deine Standhaftigkeit hat obgesiegt. Nimm dies Geständniß von meinen Lippen; aber laß mein Erröthen und meine Zähren diesen Schleier auffassen.« »Warum Zähren, o Geliebte?« fiel der beunruhigte Geist ihr ein, »jede Deiner Zähren fällt wie ein brennender Naphtatropfen mir auf's Herz, ich heische Lieb' um Liebe und will nicht Aufopferung.« »Ach,« erwiederte Emma, »warum mißdeutest Du meine Thränen? mein Herz lohnt Deiner Zärtlichkeit; aber bange Ahnung zerreißt meine Seele. Das Weib hat nicht stets die Reize einer Geliebten; Du alterst nimmer; aber irdische Schönheit ist eine Blume, die bald dahin welkt. Woran soll ich erkennen, daß Du der zärtliche, liebevolle, gefällige, duldsame Gemahl sein werdest, wie Du als Liebhaber warest?« Er antwortete: »Fordere einen Beweis meiner Treue oder des Gehorsams in Ausrichtung Deiner Befehle, oder stelle meine Geduld auf die Probe und urtheile daraus von der Stärke meiner unwandelbaren Liebe.« »Es sei also!« beschloß die schlaue Emma, »ich heische nur einen Beweis Deiner Gefälligkeit. Gehe hin und zähle die Rüben alle auf dem Acker; mein Hochzeittag soll nicht ohne Zeugen sein, ich will sie beleben, damit sie mir zu Kränzeljungfrauen dienen; aber hüte Dich, mich zu täuschen und verzähle Dich nicht um eine, denn das ist die Probe, woran ich Deine Treue prüfen will.«

So ungern sich der Gnome in diesem Augenblick von seiner reizenden Braut schied, so gehorchte er doch sonder Verzug, machte sich rasch an seine Geschäfte und hüpfte so hurtig unter den Rüben herum wie ein französischer Lazaretharzt unter den Kranken, die er auf den Kirchhof zu spediren hat. Er war durch diese Geschäftigkeit mit seinem Additionsexempel bald zu Stande; doch um der Sache recht gewiß zu sein, wiederholte er die Operation nochmals und fand zu seinem Verdruß einen Varianten in der Rechnung, welcher ihn nöthigte, zum dritten Mal den Rübenpöbel durchzumustern. Aber auch diesmal ergab sich eine neue Differenz, und das war eben nicht zu verwundern; ein schöner Mädchenkopf kann den besten arithmetischen Hirnkasten verwirren, und selbst dem infallibeln Kästner soll's ehedem unter gleichen Umständen oft begegnet sein, sich verrechnet zu haben.

Die verschmitzte Emma hatte ihren Paladin nicht sobald aus den Augen verloren, als sie zur Flucht Anstalt machte. Sie hielt eine saftvolle, wohlgenährte Rübe in Bereitschaft, welche sie flugs in ein muthiges Roß mit Sattel und Zeug metamorphosirte. Rasch schwang sie sich in den Sattel, flog über die Heiden und Steppen des Gebirges dahin, und der flüchtige Pegasus wiegte sie, ohne zu straucheln, auf seinem sanften Rücken hinab in's Maienthal, wo sie dem geliebten Ratibor, der der Kommenden ängstlich entgegen harrete, sich fröhlich in die Arme warf.

Der geschäftige Gnome hatte sich indessen so in seine Zahlen vertieft, daß er von dem, was um und neben ihm geschah, so wenig wußte, als der calculirende Newton von dem geräuschvollen Siegesgepränge der Blendheimer Schlacht, das unter seinem Fenster vorüberzog. Nach langer Mühe und Anstrengung seiner Geisteskraft war's ihm endlich gelungen, die wahre Zahl aller Rüben auf dem Ackerfelde, klein und groß mit eingerechnet, gefunden zu haben. Er eilte nun froh zurück, sie seiner Herzensgebieterin gewissenhaft zu berechnen und durch die pünktliche Erfüllung ihrer Befehle sie zu überzeugen, daß er

der gefälligste und unterwürfigste Gemahl
sein werde, den jemals Phantasie und Caprice
einer Adamstochter beherrscht hat. Mit
Selbstzufriedenheit trat er auf den Rasen-
platz; aber da fand er nicht, was er suchte; er
lief durch die bedeckten Lauben und Gänge;
auch da war nicht was er begehrte; er kam in
den Palast, durchspähte alle Winkel desselben, rief den holden Namen Emma aus, den
ihm die einsamen Hallen zurücktönten, begehrte einen Laut von dem geliebten Munde;
doch da war weder Stimme noch Rede. Das
fiel ihm auf, er merkte Unrath; flugs warf er
das schwerfällige Phantom der Verkörperung
ab, wie ein träger Rathsherr seinen Schlaf-
rock, wenn vom Thurme der Feuerwächter
Lärm bläst, schwang sich hoch in die Luft und
sah den geliebten Flüchtling in der Ferne, als
eben der rasche Gaul über die Grenze setzte.
Wüthend ballte der ergrimmte Geist ein Paar
friedlich vorüberziehende Wolken zusammen
und schleuderte einen kräftigen Blitz der Flie-
henden nach, der eine tausendjährige Grenz-
eiche zersplitterte; aber jenseit derselben war
des Gnomen Rache unkräftig, und die Don-
nerwolke zerfloß in einen sanften Heide-
rauch.

Nachdem er die obern Luftregionen ver-
zweiflungsvoll durchkreuzt, seine unglück-

liche Liebe den vier Winden geklagt und seine stürmende Leidenschaft ausgetobt hatte, kehrte er trübsinnig in den Palast zurück, schlich durch alle Gemächer und erfüllte sie mit Seufzen und Stöhnen. Nachher besuchte er noch einmal den Lustgarten, doch diese ganze Zauberschöpfung hatte keinen Reiz mehr für ihn; ein einziger Fußstapfen der geliebten Ungetreuen, in den Sand gedrückt, welchen er bemerkte, beschäftigte seine Aufmerksamkeit mehr als die goldenen Aepfel an den Bäumen und die buntfarbige mosaische Ausfüllung der Buchsbaumschnörkel auf den Blumenstöcken. Die Ideen des wonniglichen Genusses erwachten wieder an jedem Platze, wo sie vormals ging und stand, wo sie Blumen gepflückt oder ausgezupft, wo er sie oft unsichtbar belauscht, oft, mit der körperlichen Hülle umgeben, trauliche Unterredungen mit ihr gepflogen hatte. Alles das würgte und knotete ihn so zusammen, preßte und drückte ihn dergestalt auf die Zirbeldrüse, daß er unter der Last seiner Gefühle in dumpfes Hinbrüten versank. Bald hernach brach sein Unmuth in gräßliche Verwünschungen aus, nachdem er seiner ersten Liebe eine stattliche Parentation gehalten, und er vermaß sich höchlich, der Menschenkenntniß ganz zu entsagen und von diesem argen betrüglichen

Geschlechte fürohin keine weitere Notiz zu nehmen. In dieser Entschließung stampfte er dreimal auf die Erde, und der ganze Zauberpalast mit all seiner Herrlichkeit kehrte in sein ursprüngliches Nichts zurück. Der Abgrund aber sperrte seinen weiten Rachen auf, und der Gnome fuhr hinab in die Tiefe bis an die entgegengesetzte Grenze seines Gebietes, in den Mittelpunkt der Erde, und nahm Spleen und Menschenhaß mit dahin.

Während dieser Katastrophe im Gebirge war Fürst Ratibor geschäftig, die herrliche Beute seiner Wegelagerung in Sicherheit zu bringen, führte die schöne Emma mit triumphalischem Pomp an den Hof ihres Vaters zurück, vollzog daselbst seine Vermählung, theilte mit ihr den Thron seines Erbes und erbaute die Stadt Ratibor, die noch seinen Namen trägt bis auf diesen Tag. Das sonderbare Abenteuer der Prinzessin, das ihr auf dem Riesengebirge begegnet war, ihre kühne Flucht und glückliche Entrinnung wurde das Märchen des Landes, pflanzte sich von Geschlecht zu Geschlecht fort bis in die entferntesten Zeiten, und die schlesischen Damen nebst ihren Nachbarinnen zur Rechten und Linken und vom Aufgang zum Niedergang fanden so vielen Geschmack daran, daß sie das Stratagem der schlauen Emma noch oft benutzen

und den unbehäglichen Ehekonsorten weg-
schicken, Rüben zu zählen, wenn sie den
Buhlen beschieden haben. Und die Inwohner
der umliegenden Gegenden, die den Nachbar
Berggeist bei seinem Geisternamen nicht zu
nennen wußten, legten ihm einen Spottnamen
auf, riefen ihn Rübezähler oder kurzab Rübezahl.

ZWEITE LEGENDE

Gericht über Rübezahl

Die Mutter Erde war also von jeher der Zufluchtsort, wohin sich gestörte Liebe barg. Die unglücklichen Wichte unter den Adamskindern, welche Wunsch und Hoffnung täuscht, öffnen sich unter solchen Umständen den Weg dahin durch Strick und Dolch, durch Blei und Gift, durch Darrsucht und Bluthusten, oder sonst auf eine unbequeme Art. Aber die Geister bedürfen all' der Umständlichkeiten nicht und genießen überdies des Vortheils, daß sie nach Belieben in die Oberwelt zurückkehren können, wenn sie ausgetrotzt, oder ihre Leidenschaft ausgetobt haben, da den Sterblichen der Weg zur Rückkehr auf ewig verschlossen ist. Der unmuthsvolle Gnome verließ die Oberwelt mit dem Entschluß, nie wieder das Tageslicht zu schauen; doch die wohlthätige Zeit verwischte nach und nach die Eindrücke seines Grams; gleichwohl erforderte diese langwierige Operation einen Zeitraum von neunhundert und neun und neunzig Jahren, ehe die alte Wunde ausheilte. Endlich da ihn die Beschwerde der Langeweile drückte und er einstmals sehr übel aufgeräumt war, brachte sein Favorit und Hofschalksnarr in der Unterwelt, ein drolliger Kobold, eine Lustpartie auf's Riesengebirge in Vorschlag, welchen Seine Herrlichkeit zu goutiren nicht ermangelte. Es brauchte nicht mehr als den Zeitblick einer Minute, so war die weite Reise vollendet, und er befand sich mitten auf dem großen Rasenplatze seines ehemaligen Lustgartens, dem er nebst dem übrigen Zubehör die vorige Gestalt gab; doch blieb Alles für menschliche Augen verborgen; die Wanderer, die über's Gebirge zogen, sahen nichts als eine fürchterliche Wildniß. Der Anblick dieser Objekte, die er in der ehemaligen Liebesepoche in einem rosenfarbenen Lichte schimmern sah, erneuerte alle Ideen der verjährten Liebschaft, und ihm dünkte, die Geschichte mit der schönen Emma sei erst seit ehegestern vorgefallen; ihr Bild schwebte ihm noch so deutlich vor, als stünde sie neben ihm. Aber die Erinnerung, wie sie ihn überlistet und hintergangen hatte, machte seinen Groll gegen die ganze Menschheit wieder rege. »Unseliges Erdengewürm,« rief er aus, indem er aufschaute, und vom hohen Gebirge die Thürme der Kirchen und Klöster in Städten und Flecken erblickte, »treibst, sehe ich, Dein Wesen noch immer unten im Thale. Hast mich baß geäfft durch

Tücke und Ränke, sollst mir nun büßen; will Dich auch hetzen und wohl plagen, daß Dir soll bange werden vor dem Treiben des Geistes im Gebirge.«

Kaum hatte er dies Wort gesagt, so vernahm er in der Ferne Menschenstimmen. Drei junge Gesellen wanderten durch's Gebirge, und der keckste unter ihnen rief ohne Unterlaß: »Rübezahl, komm' herab! Rübezahl, Mädchendieb!« Von undenklichen Jahren her hatte die Lästerchronik die Liebesgeschichte des Berggeistes in mündlichen Ueberlieferungen getreulich aufbewahrt, sie wie gewöhnlich mit lügenhaften Zusätzen vermehrt, und jeder Reisende, der das Riesengebirge betrat, unterhielt sich mit seinem Gefährten von den Abenteuern desselben. Man trug sich mit unzähligen Spukhistörchen, die sich niemals begeben hatten, machte damit zaghafte Wanderer zu fürchten, und die starken Geister, Witzlinge und Philosophen, die am hellen Tage und in zahlreicher Gesellschaft keine Gespenster glauben und sich darüber lustig machen, pflegten aus Uebermuth, oder um ihre Herzhaftigkeit zu beweisen, den Geist oft zu citiren, aus Schäkerei bei seinem Ekelnamen zu rufen und auf ihn zu schimpfen. Man hat nie gehört, daß dergleichen Insulten von dem friedlichen Berggeiste wären gerügt worden; denn in den Tiefen des Abgrundes erfuhr er von diesem muthwilligen Hohn kein Wort. Desto mehr war er betroffen, da er seine ganze *chronique scandaleuse* jetzt so kurz und bündig ausrufen hörte. Wie der Sturmwind raste er durch den düsteren Fichtenwald und war schon im Begriff, den armen Tropf, der sich ohne Absicht über ihn lustig gemacht hatte, zu erdrosseln, als er in dem Augenblick bedachte, daß eine so exemplarische Rache großes Geschrei im Lande erregen, alle Wanderer aus dem Gebirge wegbannen und ihm die Gelegenheit rauben würde, sein Spiel mit den Menschen zu treiben. Darum ließ er ihn nebst seinen Konsorten geruhig ihre Straße ziehen, mit dem Vorbehalt, seinen verübten Muthwillen ihm doch nicht ungenossen hingehen zu lassen.

Auf dem nächsten Scheidewege trennte sich der Hohnsprecher von seinen beiden Kameraden und gelangte diesmal mit heiler Haut in Hirschberg, seiner Heimath, an. Aber der unsichtbare Geleitsmann war ihm bis zur Herberge gefolgt, um ihn zu gelegener Zeit dort zu finden. Jetzt trat er seinen Rückweg in's Gebirge an und sann auf Mittel, sich zu rächen. Von ohngefähr begegnete ihm auf der Landstraße ein reicher Israelit, der nach Hirschberg wollte; da kam ihm in den Sinn, diesen zum Werkzeuge seiner Rache zu gebrauchen. Also gesellte er sich zu ihm in Gestalt des losen Gesellen, der ihn gefoppt hatte, und kosete freundlich mit ihm, führte ihn unvermerkt seitab von der Straße, und da sie in's Gebüsche kamen, fiel er dem Juden mörderisch in den Bart, zausete ihn weidlich, riß ihn zu Boden, knebelte ihn und raubte ihm seinen Seckel, worin er viel Geld und Geschmeide trug. Nachdem er ihn mit Faustschlägen und Fußtritten zum Valet noch gar übel traktirt hatte, ging er davon und ließ den armen geplünderten Juden, der sich seines Lebens verzieh, halbtodt im Busche liegen.

Als sich der Israelit von seinem Schrecken erholt hatte, und wieder Leben in ihm war, fing er an zu wimmern und laut um Hilfe zu rufen; denn er fürchtete in der grausenvollen Einöde zu verschmachten. Da trat ein feiner, ehrbarer Mann zu ihm, dem Ansehen nach ein Bürger aus einer der umliegenden Städte, fragte, warum er also beginne, und wie er ihn geknebelt fand, lösete er ihm die Bande von Händen und Füßen und leistete ihm alles das, was der barmherzige Samariter im Evangelium dem Manne that, der unter die Mörder gefallen war. Nachher labte er ihn mit einem herrlichen Schluck Kordialwasser, das er bei sich trug, führte ihn wieder auf die Landstraße und geleitete ihn freundlich, wie der Engel Raphael den jungen Tobias, bis er ihn brachte gen Hirschberg an die Thür der Herberge; dort reichte er ihm einen Zehrpfennig und schied von ihm. Wie erstaunte der Jud', da er beim Eintritt in den Krug seinen Räuber am Zechtisch erblickte, so frei und unbefangen als ein Mensch sein kann, der sich keiner Uebelthat bewußt ist. Er saß hinter einem Schoppen Landwein, trieb Scherz und gute Schwänke mit andern lustigen Zechbrüdern, und neben ihm lag der nämliche Watsack, in welchen er den geraubten Seckel geborgen hatte. Der bestürzte Jud' wußte nicht, ob er seinen Augen trauen sollte, schlich sich in einen Winkel und ging mit sich selbst zu Rathe, wie er wieder zu seinem Eigenthum gelangen möchte. Es schien ihm unmöglich, sich in der Person geirrt zu haben; darum drehte er unbemerkt sich zur Thür hinaus, ging zum Richter und brachte seinen Diebesgruß an*.

Die Hirschberger Justiz stund damals in dem Rufe, daß sie schnell und thätig sei, Recht und Gerechtigkeit zu handhaben, wenn's was zu liquidiren gab; wo sie aber *ex officio* ihrer

---

* So hieß ehemals in Gerichten die legale Anzeige eines Diebstahls.

Pflicht Genüge leisten mußte, ging sie, wie anderwärts, ihren Schneckengang. Der erfahrene Israelit war mit dem gewöhnlichen Gange derselben schon bekannt und verwies den unentschlossenen Richter, der lange zögerte, die Denunciation niederzuschreiben, auf das blendende *corpus delicti*, und diese güldene Hoffnung unterließ nicht, einen Verhaftungsbefehl auszuwirken. Häscher bewaffneten sich mit Spießen und Stangen, umringten das Schenkhaus, griffen den unschuldigen Verbrecher und führten ihn vor die Schranken der Rathsstube, wo sich die weisen Väter indeß versammelt hatten. »Wer bist Du?« frug der ernsthafte Stadtrichter, als der Inquisit hereintrat, »und von wannen kommst Du?« Er antwortete freimüthig und unerschrocken: »Ich bin ein ehrlicher Schneider meines Handwerks, Benedix genannt, komme von Liebenau und stehe hier in Arbeit bei meinem Meister.«

»Hast Du nicht diesen Juden im Walde mörderisch überfallen, übel geschlagen, gebunden und seines Seckels beraubt?«

»Ich habe diesen Juden nie mit Augen gesehen, hab' ihn auch weder geschlagen, noch gebunden, noch seines Seckels beraubt. Ich bin ein ehrlicher Zünftler und kein Straßenräuber.«

»Womit kannst Du Deine Ehrlichkeit beweisen?«

»Mit meiner Kundschaft und dem Zeugniß meines guten Gewissens.«

»Weis' auf Deine Kundschaft.«

Benedix öffnete getrost den Watsack; denn er wußte wohl, daß er nichts als sein wohlerworbenes Eigenthum darin verwahrte. Doch wie er ihn ausleerte, siehe da! da klingelt's unter dem herausstürzenden Plunder wie Gold. Die Häscher griffen hurtig zu, störten den Kram aus einander und zogen den schweren Seckel hervor, welchen der erfreute Jud' alsbald als sein Eigenthum, *deductis deducendis*, reklamirte. Der Wicht stand da wie vom Donner gerührt, wollte vor Schrecken umsinken, ward bleich um die Nase, die Lippen bebten, die Kniee wankten, er verstummte und sprach kein Wort. Des Richters Stirn verfinsterte sich, und eine drohende Geberde weissagte einen strengen Bescheid.

»Wie nun, Bösewicht!« donnerte der Stadtvogt. »Erfrechst Du Dich noch, den Raub zu läugnen?«

»Erbarmung, gestrenger Herr Richter!« winselte der Inkulpat auf den Knien, mit hochaufgehobenen Händen. »Alle Heiligen im Himmel ruf' ich zu Zeugen an, daß ich unschuldig bin an dem Raube; ich weiß nicht, wie des Juden Seckel in meinen Watsack gekommen ist, Gott weiß es.«

»Du bist überwiesen,« redete der Richter fort, »der Seckel zeihet Dich genugsam des Verbrechens, thue Gott und der Obrigkeit die Ehre und bekenne freiwillig, ehe der Peiniger kommt, Dir das Geständniß der Wahrheit abzufoltern.«

Der geängstigte Benedix konnte nichts, als auf seine Unschuld provociren; aber er predigte tauben Ohren: man hielt ihn für einen hartnäckigen Gaudieb, der sich nur aus der Halsschlinge herausläugnen wollte. Meister Hämmerling, der fürchterliche Wahrheitsforscher, wurde herbeigerufen, durch die stählernen Argumente seiner Beredtsamkeit ihn zu vermögen, Gott und der Obrigkeit die Ehre anzuthun, sich um den Hals zu bekennen. Jetzt verließ den armen Wicht die standhafte Freudigkeit seines guten Gewissens, er bebte zurück vor den Qualen, die seiner warteten. Da der Peiniger im Begriff war, ihm die Daumenstöcke anzulegen, bedachte er, daß diese Operation ihn untüchtig machen würde, jemals wieder mit Ehren die Nadel zu führen, und ehe er wollte ein verdorbener Kerl bleiben sein Leben lang, meinte er, es sei besser, der Marter mit einem Mal abzukommen, und gestund das Bubenstück ein, davon sein Herz nichts wußte. Der Kriminalproceß wurde nun *brevi manu* abgethan, der Inquisit, ohne daß sich das Gericht theilte, von Richter und Schöppen zum Strange verurtheilt, welcher Rechtsspruch, zu Pflegung prompter Justiz und zu Ersparung der Atzungskosten, gleich Tags darauf bei frühem Morgen vollzogen werden sollte.

Alle Zuschauer, welche das hochnothpeinliche Halsgericht herbeigelockt hatte, fanden das Urtheil des wohlweisen Magistrats gerecht und billig; doch keiner rief den Richtern lauteren Beifall zu als der barmherzige Samariter, der sich mit in die Kriminalstube eingedrungen hatte und nicht satt werden konnte, die Gerechtigkeitsliebe der Herren von Hirschberg zu erheben; und in der That hatte auch Niemand nähern Antheil an der Sache als eben dieser Menschenfreund, der mit unsichtbarer Hand des Juden Seckel in des Schneiders Watsack verborgen hatte und kein Anderer als Rübezahl selbst war. Schon am frühen Morgen lauerte er am Hochgericht in Rabengestalt auf den Leichenzug, der das Opfer seiner Rache dahin begleiten sollte, und es regte sich bereits in ihm der Rabenappetit, dem neuen Ankömmling die Augen auszuhacken; aber diesmal harrte er vergebens. Ein frommer Ordensbruder, der von dem Werthe der Bekehrungen auf dem Rabensteine ganz andere Gedanken hegte als einige neoterischen Theologen und alle Malefikanten, die er zum Tode bereitete, mit dem Geruch der Heiligkeit zu imbibiren sich beeiferte, fand an dem unwissenden Benedix einen so rohen, wüsten Klotz, daß es ihm unmöglich schien, in so kurzer Zeit, als ihm zu dem Bekehrungsgeschäfte übrig blieb, einen Heiligen daraus zu schnitzeln; er bat deshalb das Kriminalgericht um einen dreitägigen Aufschub, den er dem frommen Magistrat nicht ohne große Mühe und unter Androhung des Kirchenbannes endlich abzwang. Als Rübezahl davon hörte, flog er in's Gebirge, den Executionstermin daselbst zu erwarten.

In diesem Zwischenraume durchstrich er nach Gewohnheit die Wälder und erblickte auf dieser Streiferei eine junge Dirne, die sich unter einen schattenreichen Baum gelagert hatte. Ihr Haupt sank schwermüthig in den Busen hinab, und sie unterstützte solches mit einem schwanenweißen Arm; ihre Kleidung war nicht kostbar, aber reinlich, und der Zuschnitt daran bürgerlich. Von Zeit zu Zeit verwischte sie mit der Hand eine herabrollende Zähre von den Wangen und stöhnende Seufzer quollen aus der vollen Brust hervor. Schon ehemals hatte der Gnome die mächtigen Eindrücke jungfräulicher Zähren empfunden; auch jetzt war er so gerührt davon, daß er von dem Gesetz, welches er sich auferlegt hatte, alle Adamskinder, die durch's Gebirge ziehen würden, zu tücken und zu quälen, die erste Ausnahme machte, die Empfindung des Mitleidens sogar als ein wohlthuend' Gefühl erkannte und Verlangen trug, die Schöne zu trösten. Er gestaltete sich wieder als ein reputirlicher Bürger, trat die junge Dirne freundlich an und sprach: »Mägdlein, was trauerst Du hier in der Wüste so einsam? Verhehle mir nicht Deinen Kummer, daß ich zusehe, wie Dir zu helfen stehe.«

Die Dirne, die ganz in Schwermuth verschwebt war, schreckte auf, da sie diese Stimme hörte, und erhob ihr erdwärts gesenktes Haupt. Ha, was für ein schmachtendes lasurfarbenes Augenpaar blickte da hervor, deren sanft gebrochenes Licht ein Herz von Stahl zu schmelzen fähig war: zwei helle Thränen glänzten darin wie Karfunkeln, und das holde jungfräuliche Antlitz war mit dem Ausdruck banger Schmerzensgefühle übergossen, wodurch die Reize des lieblichen Nonnengesichtes nur noch mehr erhoben wurden. Da sie den ehrsamen Mann vor sich sitzen sah, öffnete sie ihren Purpurmund und sprach:

»Was kümmert Euch mein Schmerz, guter Mann, sintemal mir nicht zu helfen steht? Ich bin eine Unglückliche, eine Mörderin, habe den Mann meines Herzens gemordet und will abbüßen meine Schuld mit Jammer und Thränen, bis mir der Tod das Herz zerbricht.«

Der ehrbare Mann staunte. »Du eine Mörderin?« rief er, »bei diesem himmlischen Gesicht trägst Du die Hölle im Herzen? Unmöglich! – Zwar die Menschen sind aller Ränke und Bosheit fähig, das weiß ich; gleichwohl ist mir's hier ein Räthsel.«

»So will ich's Euch lösen,« erwiederte die trübsinnige Jungfrau, »wenn Ihr es zu wissen begehrt.«

Er sprach: »Sag' an!«

Sie: »Ich hatte einen Gespielen von Jugend an, den Sohn einer tugendsamen Wittib, meiner Nachbarin, der mich zu seinem Liebchen erkor, als er heranwuchs. Er war so lieb und gut, so treu und bieder, liebte so standhaft und herzig, daß er mir das Herz stahl und ich ihm ewige Treue gelobte. – Ach, das Herz des lieben Jungen habe ich Natter vergiftet, hab' ihn der Tugendlehren seiner frommen Mutter vergessen gemacht und ihn zu einer Uebelthat verleitet, wofür er das Leben verwirkt hat!«

Der Gnome rief emphatisch: »Du?«

»Ja, Herr,« sprach sie, »ich bin seine Mörderin, hab' ihn gereizt, einen Straßenraub zu begehen und einen schelmischen Juden zu plündern; da haben ihn die Herren von Hirschberg ergriffen, Halsgericht über ihn gehegt und o Herzeleid! morgen wird er abgethan.«

»Und was hast Du verschuldet?« frug verwundert Rübezahl.

»Ja, Herr! Ich hab's auf meinem Gewissen das junge Blut!«

»Wie das?«

»Er zog auf die Wanderschaft über's Gebirge, und als er beim Valet an meinem Halse hing, sprach er: Fein Liebchen, bleib' mir treu. Wenn der Apfelbaum zum dritten Mal blühet und die Schwalbe zum Neste trägt, kehr' ich von der Wanderschaft zurück, Dich heimzuholen als mein junges Weib; und das gelobte ich ihm zu werden durch einen theuern Eid. Nun blühete der Apfelbaum zum dritten Mal, und die Schwalbe nistete, da kam Benedix wieder, erinnerte mich meiner Zusage und wollte mich zur Trauung führen. Ich aber neckt' und höhnt' ihn, wie die Mädchen oft den Freiern thun, und sprach: Dein Weib kann ich nicht werden, mein Bettlein hat für Zwei nicht Raum, und Du hast weder Herd noch Obdach. Schaff' Dir erst blanke Batzen an, dann frage wieder zu. Der arme Junge wurde durch diese Rede sehr betrübt. Ach,

Klärchen, seufzte er tief, mit einer Thräne im Auge, steht Dir Dein Sinn nach Geld und Gut, so bist Du nicht das biedere Mädchen mehr, das Du vormals warest! Schlugst Du nicht ein in diese Hand, da Du mir Deine Treue schwurest? Und was hatte ich mehr als diese Hand, Dich einst damit zu nähren? Woher Dein Stolz und spröder Sinn? Ach, Klärchen, ich verstehe Dich; ein reicher Buhle hat mir Dein Herz entwendet; lohnst Du mir also, Ungetreue? Drei Jahre habe ich mit Sehnsucht und Harren traurig verlebt, habe jede Stunde gezählt bis auf diesen Tag, da ich kam, Dich heimzuführen. Wie leicht und rasch machte meinen Fuß Hoffnung und Freude, da ich über's Gebirge wandelte, und nun verschmähst Du mich! Er bat und flehete, doch ich blieb fest auf meinem Sinn: Mein Herz verschmäht Dich nicht, o Benedix! antwortete ich, nur meine Hand versag' ich Dir vorjetzt; zieh' hin, erwirb Dir Gut und Geld, und hast Du das, so komm, dann will ich gern mein Bettlein mit Dir theilen. Wohlan, sprach er mit Unmuth, Du willst es so, ich gehe in die Welt, will laufen, will rennen, will betteln, stehlen, schmorgen, sorgen, und eher sollst Du mich nicht wiedersehen, bis ich erlange den schnöden Preis, um den ich Dich erwerben muß. Leb' wohl, ich fahre hin, Ade! – So hab' ich ihn bethört, den armen Benedix; er ging ergrimmt davon; da verließ ihn sein guter Engel, daß er that, was nicht recht war, und was sein Herz gewiß verabscheute.«

Der ehrsame Mann schüttelte den Kopf über diese Rede und rief nach einer Pause mit nachdenklicher Miene: »Wunderbar!« Hierauf wendete er sich zu der Dirne: »Warum,« frug er, »erfüllst Du aber hier den leeren Wald mit Deinen Wehklagen, die Dir und Deinem Buhlen nichts nützen noch frommen können?«

»Lieber Herr,« fiel sie ihm ein, »ich war auf dem Wege nach Hirschberg, da wollte mir der Jammer das Herz abdrücken, darum weilte ich unter diesem Baume.«

»Und was willst Du in Hirschberg thun?«

»Ich will dem Blutrichter zu Fuße fallen, will mit meinem Klaggeschrei die Stadt erfüllen, und die Töchter der Stadt sollen mir wehklagen helfen, ob das die Herren erbarmen möchte, dem unschuldigen Blut das Leben zu schenken; und so mir's nicht gelingt, meinen Buhlen dem schmählichen Tode zu entreißen, will ich freudig mit ihm sterben.«

Der Geist wurde durch diese Rede so bewegt, daß er von Stund an seiner Rache ganz vergaß und der Trostlosen ihren Buhlen wiederzugeben beschloß. »Trockne ab Deine

Thränen,« sprach er mit theilnehmender Geberde, und laß Deinen Kummer schwinden.
Ehe die Sonne zu Rüste gehet, soll Dein Buhle
frank und frei sein. Morgen um das erste
Hahnengeschrei sei wach und horchsam,
und wenn ein Finger an's Fenster klopft, so
thu' auf die Thür zu Deinem Kämmerlein;
denn es ist Dein Benedix, der davor stehet.
Hüte Dich, ihn nicht wieder wild zu machen
durch Deinen spröden Sinn. – Du sollst auch
wissen, daß er das Bubenstück nicht began-
gen hat, dessen Du ihn zeihest, und Du hast
deß' gleichfalls keine Schuld; denn er hat sich
durch Deinen Eigensinn zu keiner bösen That
reizen lassen.«

Die Dirne, verwundert über diese Rede,
sah ihm starr und steif in's Gesicht, und weil
darin das Fältlein der Schälkelei oder des
Trugs sich nicht veroffenbarte, gewann sie
Zutrauen, ihre trübe Stirn klärte sich auf, und
sie sprach mit froher Zweifelmüthigkeit: »Lieber Herr, wenn Ihr mein nicht spottet und
dem also ist wie Ihr saget, so müßt Ihr ein
Seher oder der gute Engel meines Buhlen sein,
daß Ihr das Alles so wisset.«

»Sein guter Engel?« versetzte Rübezahl betroffen, »nein, der bin ich wahrlich nicht; aber
ich kann's werden, und Du sollst's erfahren!
Ich bin ein Bürger aus Hirschberg, habe mit

zu Rathe gesessen, als der arme Sünder ver-
urtheilt wurde; aber seine Unschuld ist an's
Licht gebracht, fürchte nichts für sein Leben.
Ich will hin, ihn seiner Banden zu entledigen,
denn ich vermag viel in der Stadt. Sei gutes
Muths und kehre heim in Frieden.« Die Dirne
machte sich alsbald auf und gehorchte, obgleich Furcht und Hoffnung in ihrer Seele
kämpften.

Der ehrwürdige Pater Graurock hatte sich's
die drei Tage des Aufschubs blutsauer werden lassen, den Delinquenten gehörig zu be-
schicken, um seine arme Seele der Hölle zu
entreißen, der sie, seiner Meinung nach, verpfändet war von Jugend auf. Denn der gute
Benedix war ein unwissender Laie, der um
Nadel und Scheere ungleich bessern Bescheid
wußte als um den Rosenkranz. Den Engel-
gruß und das Paternoster mengte er stets durch
einander, und vom Credo wußte er keine
Silbe; der eifrige Mönch hatte alle Mühe von
der Welt, ihm das letztere zu lehren, und
brachte mit dieser Arbeit zwei volle Tage zu.
Denn wenn er sich die Formel aufsagen ließ,
und das Gedächtniß des armen Sünders auch
nicht strauchelte, so unterbrach doch oft ein
Gedanke an das Irdische und der halblaute
Seufzer: »ach Klärchen!« die ganze Lektion,
darum es die religiöse Politik des frommen

Bruders zuträglich fand, dem verlornen Schafe die Hölle recht heiß zu machen, und das gelang ihm auch dergestalt, daß der geängstigte Benedix kalten Todesschweiß schwitzte und zu geheiligter Freude seines Bekehrers Klärchen rein darüber vergaß. Aber die Vorstellung der angedrohten Martern in der Hölle folterten ihn so unablässig, daß er nichts als bocksfüßige gehörnte Teufel vor Augen sah, die mit Karsten und Hacken die fasernackten Schaaren verdammter Seelen in den ungeheuren Wallfischrachen des höllischen Feuerschlundes hineinlootseten. Diesen qualvollen Zustand seines Seelenpfleglings ließ der eifrige Ordensmann in so weit sich zu Herzen gehen, daß er der geistlichen Klugheit gemäß erachtete, den Vorhang im Hintergrunde fallen zu lassen, und die gräßliche Teufelsscene zu verbergen. Dagegen hitzte er den Schmelzofen des Fegefeuers nun desto stärker, welches für den feuerscheuen Benedix ein leidiger Trost war.

»Deine Missethat, mein Sohn, ist groß,« sprach er, »aber verzage drum nicht, die Flammen des Fegefeuers werden Dich davon reinigen. Wohl Dir, daß Du das Verbrechen nicht an einem rechtgläubigen Christen verübt hast; denn da würdest Du tausend Jahre in dem siedenden Schwefelpfuhle, bis an den

Hals versenkt, dafür büßen müssen. Weil Du aber nur einen verworfenen Juden geplündert hast, so wird in hundert Jahren Deine Seele rein wie ausgebranntes Silber sein, und ich will so viel Seelmessen für Dich lesen, daß Du nicht tiefer als bis an den Gürtel in der unauslöschlichen Lava waten sollst.« Ob sich nun wol Benedix völlig unschuldig wußte, so glaubte er doch so fest an den Binde- und Löseschlüssel seines Beichtigers, daß er auf die Revision seines Processes in jener Welt gar nicht rechnete, und in dieser Welt nochmals darauf zu provociren, schreckte ihn die Furcht vor der Folter ab. Darum legte er sich auf's Bitten, flehete seinen geistlichen Rhadamant um Barmherzigkeit an und suchte von den Qualen des Fegefeuers so viel abzudingen als möglich; wodurch sich denn der strenge Pönitentiarius bewogen fand, ihn endlich nur bis an die Knie in's Feuerbad zu versenken. Aber dabei hatte es sein Verbleiben; denn aller Lamenten ungeachtet ließ er sich weiter keinen Zoll breit abnegotiiren.

Eben verließ der unerbittliche Sündenrüger den Kerker, nachdem er dem trostlosen Delinquenten zum letzten Male gute Nacht gewünscht hatte, als ihm Rübezahl unsichtbarerweise beim Eingange begegnete, noch unentschlossen, wie er sein Vorhaben, den

armen Schneider in Freiheit zu setzen, so auszuführen vermöchte, daß den Herren von
Hirschberg der Spaß nicht verdorben würde,
einen Aktus ihrer verjährten Kriminaljurisdik-
tion auszuüben; denn der Magistrat hatte sich
durch die sträckliche Gerechtigkeitspflege bei
ihm in guten Kredit gesetzt. In dem Augenblick geriet er auf einen Einfall, der recht nach
seinem Sinne war. Er schlich dem Mönche in's
Kloster nach, stahl aus der Kleiderkammer
ein Ordenskleid, fuhr hinein und begab sich
in Gestalt des Bruder Graurock's in's Gefängniß, welches ihm der Kerkermeister ehrerbietig öffnete.

»Das Heil Deiner Seele,« redete er den
Gefangenen an, »treibt mich nochmals hier-
her, da ich Dich kaum verlassen habe. Sag' an,
mein Sohn, was hast Du noch auf Deinem
Herzen und Gewissen, damit ich Dich tröste.«
»Ehrwürdiger Vater,« antwortete Benedix,
»mein Gewissen beißt mich nicht; aber Euer
Fegefeuer bangt und ängstet mich und preßt
mir das Herz zusammen, als läg's zwischen
den Daumenstöcken.« Freund Rübezahl hatte
von kirchlichen Lehrmeinungen sehr unvoll-
ständige und verworrene Begriffe, daher war
ihm die Querfrage: »Wie meinst Du das?«
wohl zu verzeihen. »Ach,« gegenredete Benedix, »in dem Feuerpfuhl bis an die Knie zu

waten, Herr, das halt' ich nicht aus!« »Narr,« versetzte Rübezahl, »so bleib' davon, wenn Dir das Bad zu heiß ist.« Benedix ward an dieser Rede irre und sah dem Pfaffen so starr in's Gesicht, daß dieser merkte, er habe irgend eine Unschicklichkeit vorgebracht; darum lenkte er ein: »Davon ein andermal; denkst Du auch noch an Klärchen? liebst Du sie noch als deine Braut? Und hast Du ihr etwas vor deiner Hinfahrt zu sagen, so vertraue es mir.« Benedix staunte bei diesem Namen noch mehr; der Gedanke an sie, den er mit großer Gewissenhaftigkeit in seiner Seele zu ersticken bemüht gewesen war, wurde auf einmal wieder so heftig angefacht, besonders da vom Abschiedsgruße die Rede war, daß er überlaut anfing zu weinen und zu schluchzen und kein Wort vorzubringen vermögend war. Diese herzbrechende Geberdung jammerte den mit- leidigen Pfaffen also, daß er beschloß, dem Spiel ein Ende zu machen. »Armer Benedix,« sprach er, »gieb Dich zufrieden und sei ge- trost und unverzagt, Du sollst nicht sterben. Ich habe in Erfahrung gebracht, daß Du un- schuldig bist an dem Raube und Deine Hand mit keinem Laster befleckt hast, darum bin ich kommen, Dich aus dem Kerker zu reißen und der Banden zu entledigen.« Er zog einen Schlüssel aus der Tasche. »Laß sehen, fuhr er fort, ob er schließe.« Der Versuch gelang, der Entfesselte stand da frank und frei, das Geschmeide fiel ab von Händen und Füßen. Hierauf wechselte der gutmüthige Pfaff' mit ihm die Kleider und sprach: »Gehe gemachsam wie ein frommer Mönch durch die Schaar der Wächter vor der Thür des Gefängnisses und durch die Straßen, bis Du der Stadt Weichbild hinter Dir hast; dann schürze Dich hurtig und schreite rüstig zu, daß Du gelangest in's Gebirge endlich, und raste nicht bis Du in Liebenau vor Klärchen's Thür stehest, klopfe leise an, Dein Liebchen harret Deiner mit ängstlichem Verlangen.«

Der gute Benedix wähnte, das Alles sei nur ein Traum, rieb sich die Augen, zwickte sich in die Arme und Waden, um zu versuchen, ob er wache oder schlafe, und da er inne ward, daß sich Alles so verhalte, fiel er seinem Befreier zu Füßen und umfing seine Knie, wollte eine Danksagung stammeln und lag da in stummer Freude, denn die Worte versagten ihm. Der liebreiche Pfaff trieb ihn endlich fort und reichte ihm noch ein Laib Brod und eine Knackwurst zur Zehrung auf den Weg. Mit wankendem Knie schritt der Entledigte über die Schwelle des traurigen Kerkers und fürchtete immer, erkannt zu werden. Aber sein ehrwürdiger Rock gab ihm einen solchen Wohlgeruch von Frömmigkeit und Tugend, daß die Wächter nichts von Delinquentenschaft darunter witterten.

Klärchen saß indessen bänglich einsam in ihrem Kämmerlein, horchte auf jedes Rauschen des Windes, und spähete jeden Fußtritt der Vorübergehenden. Oft dünkte ihr, es rege sich was am Fensterladen, oder es klinge der Pfortenring; sie schreckte auf mit Herzklopfen, sah' durch die Luke, und es war Täuschung. Schon schüttelten die Hähne in der Nachbarschaft die Flügel und verkündeten durch ihr Krähen den kommenden Tag; das Glöcklein im Kloster läutete zur Frühmetten, das ihr wie Todtenruf und Grabesklang tönte; der Wächter stieß zum letzten Mal in's Horn und weckte die schnarchenden Bäckermägde zu ihrem frühen Tagewerke. Klärchen's Lämpchen fing an dunkel zu brennen, weil's ihm an Oel gebrach, ihre Unruhe mehrte sich mit jedem Augenblick und ließ sie nicht die herrliche Rose von guter Vorbedeutung bemerken, die an dem glimmenden Docht brannte. Sie saß auf ihrer Bettlade, weinte bitterlich und erseufzete: »Benedix! Benedix! Was für ein bänglicher Tag für Dich und mich dämmert jetzt heran!« Sie lief an's Fenster, ach! blutroth war der Himmel nach Hirschberg hin, und schwarze Nebelwolken schwebten wie Trauerflor und Leichentücher hin und wieder am Horizonte. Ihre Seele bebte von diesem ahnungsvollen Anblick zurück, sie sank in dumpfes Hinbrüten, und Todtenstille war um sie her.

Da pocht's dreimal leise an das Fenster, als ob sich's eignete. Ein froher Schauer durchlief ihre Glieder, sie sprang auf, that einen lauten Schrei; denn eine Stimme flüsterte durch die Luke: »Fein Liebchen, bist Du wach?« – Husch, war sie an die Thür. – »Ach Benedix, bist Du's oder ist's Dein Geist?« Wie sie aber den Bruder Graurock erblickte, sank sie zurück und starb vor Entsetzen hin. Da umschlang sie sanft sein treuer Arm, und der Kuß der Liebe, das große Mittel gegen alle hysterischen Ohnmachten, brachte sie bald wieder in's Leben.

Nachdem die stumme Scene des Erstaunens und die Ergießungen der ersten freudigen Herzensgefühle vorüber waren, erzählte ihr Benedix seine wunderbare Errettung aus dem peinlichen Kerker; doch die Zunge klebte ihm am Gaumen vor großem Durst und Ermattung. Klärchen ging, ihm einen Trunk frisch Wasser zu holen, und nachdem er sich damit gelabt hatte, fühlte er Hunger; aber sie hatte nichts zum Imbiß als die Panacee der Liebenden, Salz und Brod, wobei sie voreilig gelobten, zufrieden und glücklich mit einander zu sein ihr Leben lang. Da gedachte Benedix an seine Knackwurst, zog sie aus der Tasche und wunderte sich baß, daß sie schwerer war als ein Hufeisen, brach sie von einander, siehe! da fielen eitel Goldstücke heraus, worüber Klärchen nicht wenig erschrak, meinte, das Gold sei eine schändliche Reliquie von dem Raube des Juden, und Benedix sei nicht so unschuldig, als ihn der ehrsame Mann gemacht habe, der ihr im Gebirge erschienen war. Allein der truglose Gesell' betheuerte höchlich, daß der fromme Ordensmann ihm diesen verborgenen Schatz vermuthlich als eine Hochzeitssteuer verliehen habe, und sie glaubte seinen Worten. Drauf segneten Beide mit dankbarem Herzen den edelmüthigen Wohlthäter, verließen ihre Vaterstadt und zogen gen Prag, wo Meister Benedix mit Klärchen, seinem Weibe, lange Jahre als ein wohlbehaltener Mann in friedlicher Ehe bei reichem Kindersegen lebte. Die Galgenscheu war so tief bei ihm eingewurzelt, daß er seinen Kunden nie etwas veruntreute und, wider Natur und Brauch seiner Zunftgenossen, auch nicht den kleinsten Abschnitt in die Hölle warf.

In der frühen Morgenstunde, da Klärchen mit schauervoller Freude den Finger ihres

Buhlen am Fenster vermerkte, klopfte auch in Hirschberg ein Finger an die Thür des Gefängnisses. Das war der Bruder Graurock, der, von frommem Eifer aufgeweckt, den Anbruch des Tages kaum erwarten konnte, die Bekehrung des armen Sünders zu vollenden und ihn als einen halben Heiligen dem gewaltsamen Arm des Henkers zu überantworten. Rübezahl hatte einmal die Delinquentenrolle übernommen und war entschlossen, sie zur Ehre der Justiz rein auszuspielen. Er schien wohlgefaßt zum Sterben zu sein, und der fromme Mönch freute sich darüber und erkannte diese Standhaftigkeit alsbald für die gesegnete Frucht seiner Arbeit an der Seele des armen Sünders; darum ermangelte er nicht, ihn in dieser Gemüthsverfassung durch seinen geistlichen Zuspruch zu erhalten, und beschloß seinen Sermon mit dem tröstlichen Weidespruch: »So viel Menschen Du bei Deiner Ausführung erblicken wirst, die Dich an die Gerichtsstätte geleiten, siehe, so viel Engel stehen schon bereit, Deine Seele in Empfang zu nehmen und sie einzuführen in's schöne Paradies.« Drauf ließ er ihn der Fessel entledigen, wollte ihn Beichte hören und dann absolviren; doch fiel ihm ein, vorher noch die gestrige Lektion zu rekapituliren, damit der arme Sünder unterm Galgen im geschlossenen Kreise sein Glaubensbekenntniß frei und ohne Anstoß zur Erbauung der Zuschauer hersagen möchte. Aber wie erschrak der Ordensmann, da er inne ward, daß der ungelehrige Delinquent sein Credo die Nacht über völlig ausgeschwitzt hatte! Der fromme Mönch war völlig der Meinung, der Satanas sei hier im Spiel und wolle dem Himmel die gewonnene Seele entreißen, darum fing er kräftig an zu exorcisiren; aber der Teufel wollte sich nicht austreiben und das Credo nicht in des Malefikanten Kopf hineinzwingen lassen.

Die Zeit war darüber verlaufen, das peinliche Gericht hielt dafür, daß es nun an der Stunde sei, den Leib zu tödten, und kümmerte sich nicht weiter um den Seelenzustand seines Schlachtopfers. Ohne der Exekution länger Aufschub zu gestatten, wurde der Stab gebrochen, und obwohl Rübezahl als ein verstockter Sünder ausgeführt wurde, so unterwarf er sich doch allen übrigen Formalitäten der Hinrichtung ganz willig. Wie er von der Leiter gestoßen wurde, zappelte er am Strange nach Herzenslust und trieb das Spiel so arg, daß dem Henker dabei übel zu Muthe ward; denn es erhob sich ein plötzliches Getöse im Volk und Einige schrien, man solle den Hangmann steinigen, weil er den armen Sünder über die Gebühr martere. Um also Unglück zu verhüten, streckte sich Rübezahl lang aus und stellte sich an, als sei er todt. Da sich aber das Volk verlaufen hatte, und nachher einige Leute in der Gegend des Hochgerichts hin- und herwandelten, aus Vorwitz hinzutraten und den Kadaver beschauen wollten, fing der Scherztreiber am Galgen sein Spiel von Neuem an und erschreckte die Beschauer durch fürchterliche Grimassen. Daher lief gegen Abendzeit in der Stadt ein Gerücht um, der Gehangene könne nicht ersterben und tanze noch immer am Hochgericht, welches den Sengt bewog, des Morgens in aller Frühe durch einige Deputirte die Sache genau untersuchen zu lassen. Wie sie nun dahin kamen, fanden sie nichts als ein Wischlein Stroh am Galgen, mit alten Lumpen bedeckt, als man pflegt in die Erbsen zu stellen, die genäschigen Spatzen damit zu scheuchen. Worüber sich die Herren von Hirschberg baß wunderten, ließen in aller Stille den Strohmann abnehmen und breiteten aus, der große Wind habe zur Nachtzeit den leichten Schneider vom Galgen über die Grenze gewehet.

DRITTE LEGENDE

Rübezahl der Launische

Nicht immer war Rübezahl bei der Laune, Denen, die er durch seine Neckereien in Schaden und Nachtheil gebracht hatte, einen so edelmüthigen Ersatz zu geben; oft machte er nur den Plagegeist aus boshafter Schadenfreude und kümmerte sich wenig darum, ob er einen Schurken oder einen Biedermann foppte. Oft gesellte er sich zu einem einsamen Wanderer als Geleitsmann, führte unvermerkt den Fremdling irre, ließ ihn an dem Absturz einer Bergzinne oder in einem Sumpfe stehen und verschwand mit höhnendem Gelächter. Zuweilen erschreckte er die furchtsamen Marktweiber durch abenteuerliche Gestalten wildfremder chimärischer Thiere, welches Blendwerk zu dem scherzhaften Irrthum Anlaß gegeben, daß neulich unser Produktensammler, unter Büsching's Firma, den leibhaften Rübezahl mit unter Europens Produkte aufgenommen hat; denn das leopardenähnliche Thier, das sich zu Zeiten im sudetischen Gebirge soll sehen lassen, von den Butterweibern Rysow genannt, ist nichts Anderes als ein Phantom von Rübezahl. Oft lähmte er den Reisigen das Roß, daß es nicht aus der Stelle konnte, zerbrach den Fuhrleuten ein Rad oder eine Achse am Wagen, ließ vor ihren Augen ein abgerissenes Felsenstück in einen Hohlweg hinabrollen, das sie mit unendlicher Mühe auf die Seite räumen mußten, um sich freie Bahn zu machen. Oft hielt eine unsichtbare Kraft einen ledigen Wagen, daß sechs rasche Pferde ihn nicht fortzuziehen vermochten, und ließ der Fuhrmann merken, daß er eine Neckerei von Rübezahl wähnte, oder brach er aus Unwillen in Invektiven gegen den Berggeist aus, so hatte er ein Hornissen-Heer, das die Pferde wüthig machte, einen Steinhagel oder eine reichhaltige Bastonade von unsichtbarer Hand zu gewarten.

Mit einem alten Schäfer, der ein gerader treuherziger Mann war, hatte er Bekanntschaft gemacht und sogar eine Art von vertraulicher Freundschaft errichtet. Er gestattete ihm, mit der Herde bis an die Hecken seiner Gärten zu treiben, welches ein Anderer nicht hätte waghalsen dürfen. Der Geist hörte dem Graukopf bisweilen mit eben dem Vergnügen zu, wenn ihm dieser seinen unbedeutenden Lebenslauf erzählte, als Hans Hubrig's Biograph die Leiden und Freuden dieses alten sächsischen Bauers verschlang, obgleich Rübezahl diese Geschichten nicht so ekelhaft wie jener wiederkäuete. Demungeachtet versah's der Alte doch einmal. Da er eines Tages nach Gewohnheit seine Herde in des Gnomen Gehege trieb, brachen einige Schafe durch die Hecken und weideten auf den Grasplätzen des Gartens; darüber ergrimmte Freund Rübezahl dergestalt, daß er alsbald ein panisches Schrecken auf die Herde fallen ließ und sie in wildem Getümmel den Berg hinabscheuchte, wodurch sie größtentheils verunglückte, und der Nahrungsstand des alten Schäfers in solchen Verfall kam, daß er sich darüber zu Tode grämte.

Ein Arzt aus Schmiedeberg, der auf dem Riesengebirge zu botanisiren pflegte, genoß gleichfalls zuweilen die Ehre, mit seiner prahlerischen Gesprächigkeit den Gnomen unbekannterweise zu unterhalten, der bald als Holzhauer, bald als ein Reisender sich zu ihm fand und den Schmiedeberger Aesculap seine Wunderkuren mit Vergnügen sich vordociren ließ. Er war zu Zeiten so gefällig, das schwere Kräuterbündel ihm ein gut Stück Weges nachzutragen und ihm manche noch unbekannten Heilkräfte derselben kund zu machen. Der Arzt, der sich in der Kräuterkunde weiser dünkte als ein Holzhauer, empfand einst diese Belehrung übel und sprach mit Unwillen:

»Der Schuster soll bei seinem Leisten bleiben, und der Holzhauer soll den Arzt nicht lehren. Weil Du aber der Kräuter und Pflanzen kundig bist, vom Ysop an, der auf der Mauer wächst, bis auf die Ceder zu Libanon, so sag' mir doch, Du weiser Salomon, was war eher, die Eichel oder der Eichbaum?« Der Geist antwortete: »Doch wol der Baum, denn die Frucht kömmt vom Baume«. »Narr,« sprach der Arzt, »wo kam denn der erste Baum her, wenn er nicht aus dem Samen sproßte, der in der Frucht verschlossen liegt?« Der Holzhauer erwiederte: »Das ist, seh' ich, eine Meisterfrage, die mir schier zu hoch ist. Aber ich will Euch auch eine Frage vorlegen: wem gehört dieser Erdengrund zu, darauf wir stehen, dem Könige von Böhmen oder dem Herrn vom Berge?« (So nannten die Nachbarn den Berggeist, nachdem sie waren gewitziget worden, daß der Name Rübezahl im Gebirge konterband war und nur Stöße und blaue Mäler einbrachte.) Der Arzt bedachte sich nicht lange: »Ich vermeine, dieser Grund und Boden gehöre meinem Herrn, dem König von Böhmen, zu; denn Rübezahl ist ja nur ein Hirngespinst, ein Nonens oder Popanz, die Kinder damit fürchten zu machen.« Kaum war das Wort aus seinem Munde, so verwandelte sich der Holzhauer in einen scheußlichen

Riesen mit feuerfunkelnden Augen und wü-
thiger Geberde, schnauzte den Arzt grimmig
an und sprach mit rauher Stimme: »Hier ist
Rübezahl, der Dich nonensen wird, daß Dir
sollen die Rippen krachen«; erwischt' ihn darauf beim Kragen, rannt' ihn gegen die Bäume
und Felsenwände, riß und warf ihn hin und
her, wie der Teufel dem Doctor Faust weiland
in der Komödie that, schlug ihm letzlich ein
Aug' aus und ließ ihn für todt auf dem Platze
liegen, daß sich der Arzt nachher hoch vermaß, nie wieder in's Gebirge botanisiren zu
gehen.

So leicht war's, Rübezahl's Freundschaft zu
verscherzen; doch eben so leicht war's auch,
sie zu gewinnen. Einem Bauer in der Amts-
pflege Reichenberg hatte ein böser Nachbar
sein Hab' und Gut abgerechnet, und nachdem
sich die Justiz seiner letzten Kuh bemächtigt
hatte, blieb ihm nichts übrig als ein abgehärm-
tes Weib und ein halb Dutzend Kinder, davon er gern den Gerichten die Hälfte für sein
letztes Stückchen Vieh verpfändet hätte. Zwar
gehörten ihm noch ein Paar rüstige gesunde
Arme zu, aber sie waren nicht hinreichend,
sich und die Seinigen damit zu ernähren. Es
schnitt ihm durch's Herz, wenn die jungen
Raben nach Brod schrien, und er nichts hatte,
ihren quälenden Hunger zu stillen. »Mit hun-

dert Thalern«, sprach er zu dem kummer-
vollen Weibe, »wär' uns geholfen, unsern
zerfallenen Haushalt wieder anzurichten und
fern von dem streitsüchtigen Nachbar ein
neues Eigenthum zu gewinnen. Du hast reiche Vettern jenseit des Gebirges, ich will hin
und ihnen unsere Noth klagen; vielleicht daß
sich einer erbarmet und aus gutem Herzen
von seinem Ueberfluß uns auf Zinsen leiht, so
viel wir bedürfen.«

Das niedergedrückte Weib willigte mit
schwacher Hoffnung eines glücklichen Er-
folgs in diesen Vorschlag, weil sie keinen
bessern wußte. Der Mann aber gürtete frühe
seine Lenden, und indem er Weib und Kinder
verließ, sprach er ihnen Trost ein: »Weinet
nicht! Mein Herz sagt es mir, ich werde einen
Wohlthäter finden, der uns förderlicher sein
wird als die vierzehn Nothhelfer, zu welchen
ich so oft vergeblich gewallfahrtet bin.« Hierauf steckte er eine harte Brodrinde zur Zehrung in die Tasche und ging davon. Müde und
matt von der Hitze des Tages und dem weiten
Wege, gelangte er zur Abendzeit in dem Dorfe
an, wo die reichen Vettern wohnten; aber keiner wollte ihn kennen, keiner wollte ihn herbergen. Mit heißen Thränen klagt' er ihnen
sein Elend; aber die hartherzigen Filze achte-
ten nicht darauf, kränkten den armen Mann

mit Vorwürfen und beleidigenden Sprich-
wörtern. Einer sprach: »Junges Blut, spar'
Dein Gut«, der andere: »Hoffahrt kommt vor
dem Fall«, der dritte: »Wie Du's treibst, so
geht's«, der vierte: »Jeder ist seines Glückes
Schmied.« So höhnten und spotteten sie seiner, nannten ihn einen Prasser und Faullen-
zer, und endlich stießen sie ihn gar zur Thür
hinaus. Einer solchen Aufnahme hatte sich
der arme Vetter zu der reichen Sippschaft seines Weibes nicht versehen; stumm und traurig schlich er von dannen, und weil er nichts
hatte, um das Schlafgeld in der Herberge zu
bezahlen, mußte er auf einem Heuschober im
Felde übernachten. Hier wartete er schlaflos
des zögernden Tages, um sich auf den Heim-
weg zu begeben.

Da er nun wieder in's Gebirge kam, über-
nahm ihn Harm und Bekümmerniß so sehr,
daß er der Verzweiflung nahe war. Zwei Tage
Arbeitslohn verloren, dacht' er bei sich selber,
matt und entkräftet von Gram und Hunger,
ohne Trost, ohne Hoffnung! Wenn Du nun
heimkehrest und die sechs armen Würmer
Dir entgegen schmachten, ihre Hände auf-
heben, von Dir Labsal zu begehren, und Du
für einen Bissen Brod ihnen einen Stein bieten
mußt, Vaterherz! Vaterherz! wie kannst Du's
tragen! Brich entzwei, armes Herz, eh' Du

diesen Jammer fühlest! Hierauf warf er sich unter einen Schlehenbusch, seinen schwermüthigen Gedanken weiter nachzuhangen.

Wie aber am Rande des Verderbens die Seele noch die letzten Kräfte anstrengt, ein Rettungsmittel auszukundschaften, jede Hirnfaser auf- und niederläuft, alle Winkel der Phantasie durchspähet, Schutz oder Frist für den hereinbrechenden Untergang zu suchen; gleich einem Bootsmann, der sein Schiff sinken sieht, schnell die Strickleiter hinaufrennt, sich in den Mastkorb zu bergen, oder wenn er unter Verdeck ist, aus der Luke springt, in der Hoffnung, ein Brett oder eine ledige Tonne zu erhaschen, um sich über Wasser zu halten; so verfiel unter tausend nichtigen Anschlägen und Einfällen der trostlose Veit auf den Gedanken, sich an den Geist des Gebirges in seinem Anliegen zu wenden. Er hatte viel abenteuerliche Geschichten von ihm gehört, wie er zuweilen die Reisenden getrillt und gehudelt, ihnen manchen Tort und Dampf angethan, doch auch mitunter Gutes erwiesen habe. Es war ihm nicht unbekannt, daß er sich bei seinem Spottnamen nicht ungestraft rufen lasse; dennoch wußte er ihm auf keine andere Weise beizukommen; also wagt' er's auf eine Prügelei und rief so sehr er konnte: »Rübezahl! Rübezahl!«

Auf diesen Ruf erschien alsbald eine Gestalt gleich einem rußigen Köhler mit einem fuchsrothen Bart, der bis an den Gürtel reichte, feurigen stieren Augen, und mit einer Schürstange bewaffnet, gleich einem Weberbaum, die er mit Grimm erhob, den frechen Spötter zu erschlagen. »Mit Gunst, Herr Rübezahl,« sprach Veit ganz unerschrocken, »verzeiht, wenn ich Euch nicht recht titulire; hört mich nur an, dann thut, was Euch gefällt.« Diese dreiste Rede und die kummervolle Miene des Mannes, die weder auf Muthwillen noch Vorwitz deutete, besänftigten den Zorn des Geistes in etwas: »Erdenwurm,« sprach er, »was treibt Dich, mich zu beunruhigen? Weißt Du auch, daß Du mir mit Hals und Haut für Deinen Frevel büßen mußt?« »Herr«, antwortete Veit, »die Noth treibt mich zu Euch, habe eine Bitte, die Ihr mir leicht gewähren könnt. Ihr sollt mir hundert Thaler leihen, ich zahl' sie Euch mit landesüblichen Zinsen in drei Jahren wieder, so wahr ich ehrlich bin!« »Thor«, sprach der Geist, »bin ich ein Wucherer oder Jude, der auf Zinsen leiht? Geh' hin zu Deinen Menschenbrüdern und borge da so viel Dir noth thut, mich aber laß in Ruh'«. »Ach!« erwiederte Veit, »mit der Menschenbrüderschaft ist's aus! Auf Mein und Dein gilt keine Brüderschaft.« Hierauf erzählte er ihm seine Geschichte nach der Länge und schilderte ihm sein drückendes Elend so rührend, daß ihm der Gnome seine Bitte nicht versagen konnte; und wenn der arme Tropf auch weniger Mitleid verdient hätte, so schien doch dem Geist das Unterfangen, von ihm ein Kapital zu leihen, so neu und sonderbar, daß er um des guten Zutrauens willen geneigt war, des Mannes Bitte zu gewähren. »Komm', folge mir,« sprach er und führte ihn darauf waldeinwärts, in ein abgelegenes Thal zu einem schroffen Felsen, dessen Fuß ein dichter Busch bedeckte.

Nachdem sich Veit nebst seinem Begleiter mit Mühe durch's Gesträuche gearbeitet hatte, gelangten sie zum Eingang einer finstern Höhle. Dem guten Veit war nicht wohl dabei zu Muthe, da er so im Dunkeln tappen mußte; es lief ihm ein kalter Schauer nach dem andern den Rücken herab, und seine Haare sträubten sich empor. Rübezahl hat schon Manchen betrogen, dacht' er, wer weiß, was für ein Abgrund mir vor den Füßen liegt, in welchen ich beim nächsten Schritte hinabstürze; dabei hörte er ein fürchterliches Brausen als eines Tagewassers, das sich in den tiefen Schacht ergoß. Je weiter er fortschritt, je mehr engten ihm Furcht und Grausen das Herz ein. Doch bald sah er zu seinem Trost in der Ferne ein blaues Flämmchen hüpfen, das Berggewölbe erweiterte sich zu einem großen Saale, das Flämmchen brannte hell und schwebte als ein Hängeleuchter in der Mitte der Felsenhalle. Auf dem Pflaster derselben fiel ihm eine kupferne Braupfanne in die Augen, mit eitel harten Thalern bis an den Rand gefüllt. Da Veit den Geldschatz erblickte, schwand alle seine Furcht dahin und das Herz hüpfte ihm vor Freuden. »Nimm,« sprach der Geist, »was Du bedarfst, es sei wenig oder viel, nur stelle mir einen Schuldbrief aus, wofern Du der Schreiberei kundig bist.« Der Debitor bejahete das und zählte sich gewissenhaft die hundert Thaler zu, nicht einen mehr und keinen weniger. Der Geist schien auf das Zählungsgeschäft gar nicht zu achten, drehete sich weg und suchte indeß seine Schreibmaterialien hervor. Veit schrieb den Schuldbrief so bündig als ihm möglich war; der Gnome schloß solchen in einen eisernen Schatzkasten und sagte zum Valet: »Zieh' hin, mein Freund, und nütze Dein Geld mit arbeitsamer Hand. Vergiß nicht, daß Du mein Schuldner bist, und merke Dir den Eingang in das Thal und diese Felsenkluft genau. Sobald das dritte Jahr verflossen ist, zahlst Du mir Kapital und Zins zurück; ich bin ein strenger Gläubiger, hältst Du nicht ein, so fordere ich es mit Ungestüm.« Der ehrliche Veit versprach, auf den Tag gute Zahlung zu leisten, versprach's mit seiner biedern Hand, doch ohne Schwur; verpfändete nicht seine Seele und Seligkeit, wie lose Bezahler zu thun pflegen, und schied mit dankbarem Herzen von seinem Schuldherrn in der Felsenhöhle, aus der er leicht den Ausgang fand.

Die hundert Thaler wirkten bei ihm so mächtig auf Seele und Leib, daß ihm nicht anders zu Muthe war, da er das Tageslicht wieder erblickte, als ob er Balsam des Lebens in der Felsenkluft eingesogen habe. Freudig und gestärkt an allen Gliedern, schritt er nun seiner Wohnung zu und trat in die elende Hütte, indem sich der Tag zu neigen begann. Sobald ihn die abgezehrten Kinder erblickten, schrien sie ihm einmüthig entgegen: »Brod, Vater, einen Bissen Brod! hast uns lange darben lassen.« Das abgehärmte Weib saß in einem Winkel und weinte, fürchtete nach der Denkungsart der Kleinmüthigen das Schlimmste und vermuthete, daß der Ankömmling eine traurige Litanei anstimmen werde. Er aber bot ihr freundlich die Hand, hieß ihr Feuer anschüren auf dem Herde; denn er trug Grütze und Hirse aus Reichenberg im Zwerchsack, davon die Hausmutter einen steifen Brei kochen mußte, daß der Löffel darin stand. Nachher gab er ihr Bericht von dem guten Erfolg seines Geschäftes. »Deine Vettern,« sprach er, »sind gar rechtliche Leute; sie haben mir nicht meine Armuth vorgerückt, haben mich nicht verkannt oder mich schimpflich vor der Thür abgewiesen; sondern mich freundlich beherberget, Herz und Hand mir eröffnet und hundert baare Thaler vorschußweise auf den Tisch gezählt.« Da fiel dem guten Weib ein schwerer Stein vom Herzen, der sie lange gedrückt hatte. »Wären wir«, sagte sie, »eher vor die rechte Schmiede gegangen, so hätten wir uns manchen Kummer ersparen können.« Hierauf rühmte sie ihre Freundschaft, zu der sie sich vorher so wenig Gutes versehen hatte, und that recht stolz auf die reichen Vettern.

Der Mann ließ ihr nach so vielen Drangsalen gern die Freude, die ihrer Eitelkeit so schmeichelhaft war. Da sie aber nicht aufhörte von den reichen Vettern zu kosen und das viele Tage so antrieb, wurde Veit des Lobposaunens der Geizdrachen satt und müde und sprach zum Weibe: »Als ich vor der rechten Schmiede war, weißt Du, was mir der Meister Schmied für eine weise Lehre gab?« Sie sprach: »Welche?« »Jeder, sagte er, sei seines Glückes Schmied, und man müsse das Eisen schmieden weil's heiß sei; drum laß' uns nun die Hände rühren und unserm Beruf fleißig obliegen, daß wir was vor uns bringen, in drei Jahren den Vorschuß nebst den Zinsen abzahlen können und aller Schuld quitt und ledig seien.« Drauf kaufte er einen Acker und einen Heuschlag, dann wieder einen und noch einen, dann eine ganze Hufe; es war ein Segen in Rübezahl's Gelde, als wenn ein Heckthaler darunter wäre. Veit säete und erntete, wurde schon für einen wohlhabenden Mann im Dorfe gehalten, und sein Seckel vermochte noch immer ein klein Kapital zur Erweiterung seines Eigenthums. Im dritten Sommer hatte er schon zu seiner Hufe ein Herrengut gepachtet, das ihm reichen Wucher brachte; kurz, er war ein Mann, dem Alles, was er that, zu gutem Glück gedieh.

Der Zahlungstermin kam nun heran, und Veit hatte so viel erübriget, daß er ohne Beschwerde seine Schuld abtragen konnte; er legte das Geld zurechte, und auf den bestimmten Tag war er früh auf, weckte das Weib und alle seine Kinder, hieß sie waschen und kämmen und ihre Sonntagskleider anziehen, auch die neuen Schuhe und die scharlachenen Mieder und Brusttücher, die sie noch nicht auf den Leib gebracht hatten. Er selbst holte seinen Gottestischrock herbei und rief zum Fenster hinaus: »Hans, spann' an!« »Mann, was hast Du vor?« fragte die Frau, »es ist heute weder Feiertag noch ein Kirchweihfest, was macht Dich so guten Muthes, daß Du uns ein Wohlleben bereitet hast, und wo gedenkest Du uns hinzuführen?« Er antwortete: »Ich will mit Euch die reichen Vettern jenseits des Gebirges heimsuchen und dem Gläubiger, der mir durch seinen Vorschub wieder aufgeholfen hat, Schuld und Zins bezahlen, denn heute ist der Zahltag.« Das gefiel der Frau wohl; sie putzte sich und die Kinder stattlich heraus, und damit die reichen Vettern eine gute Meinung von ihrem Wohlstande bekämen und sich ihrer nicht schämen dürften, band sie eine Schnur gekrümmter Dukaten um den Hals. Veit rüttelte den schweren Geldsack zusammen, nahm ihn zu sich, und da Alles in Bereitschaft war, saß er auf mit Frau und Kind. Hans peitschte die vier Hengste an, und sie trabten muthig über das Blachfeld nach dem Riesengebirge zu.

Vor einem steilen Hohlwege ließ Veit den Rollwagen halten, stieg ab und hieß den Andern Gleiches thun, dann gebot er dem Knechte: »Hans, fahr' gemachsam den Berg hinan, oben bei den drei Linden sollst Du unser warten, und ob wir auch verziehen, so laß Dich's nicht anfechten, laß die Pferde verschnauben und einsweils grasen; ich weiß hier einen Fußpfad, er ist etwas um, doch lustig

zu wandeln!« Darauf schlug er sich in Geleit-
schaft des Weibes und der Kinder waldein
durch dicht verwachsenes Gebüsche und spekulirte hin und her, daß die Frau meinte, ihr
Mann habe sich verirrt, ermahnte ihn darum,
zurückzukehren und der Landstraße zu folgen. Veit aber hielt plötzlich still, versammelte
seine sechs Kinder um sich her und redete
also: »Du wähnst, liebes Weib, daß wir zu
Deiner Freundschaft ziehen; dahin steht jetzt
nicht mein Sinn. Deine reichen Vettern sind
Knauser und Schurken, die, als ich weiland
in meiner Armuth Trost und Zuflucht bei
ihnen suchte, mich gefoppt, gehöhnet und
mit Uebermuth von sich gestoßen haben. –
Hier wohnt der reiche Vetter, dem wir unsern
Wohlstand verdanken, der mir auf's Wort das
Geld geliehen, das in meiner Hand so wohl
gewuchert hat. Auf heute hat er mich her beschieden, Zins und Kapital ihm wieder zu er-
statten. Wißt Ihr nun, wer unser Schuldherr
ist? Der Herr vom Berge, Rübezahl genannt!«
Das Weib entsetzte sich heftig über diese
Rede, schlug ein groß Kreuz vor sich, und die
Kinder bebten und geberdeten sich ängstlich
vor Furcht und Schrecken, daß sie der Vater
vor Rübezahl führen wollte. Sie hatten viel in
den Spinnstuben von ihm gehört, daß er sei
ein scheußlicher Riese und Menschenfresser.

Veit erzählte ihnen sein ganzes Abenteuer, wie ihm der Geist in Gestalt eines Köhlers auf sein Rufen erschienen sei und was er mit ihm verhandelt habe in der Höhle, pries seine Mildthätigkeit mit dankbarem Herzen und so inniger Rührung, daß ihm die warmen Thränen über die freundlichen rothbraunen Backen herabträufelten. »Verzieht hier,« fuhr er fort, »jetzt geh' ich hin in die Höhle, mein Geschäft auszurichten. Fürchtet nichts, ich werde nicht lange aus sein, und wenn ich's vom Gebirgsherrn erlangen kann, so bring' ich ihn zu Euch. Scheuet Euch nicht, Eurem Wohlthäter treuherzig die Hand zu schütteln, ob sie gleich schwarz und rußig ist; er thut Euch nichts zu Leide und freut sich seiner guten That und unsers Danks gewiß! Seid nur beherzt, er wird Euch goldne Aepfel und Pfeffernüsse austheilen.«

Ob nun gleich das bängliche Weib viel gegen die Wallfahrt in die Felsenhöhle einzuwenden hatte und auch die Kinder jammerten und weinten, sich um den Vater herlagerten und, da er sie auf die Seite schob, ihn an den Rockfalten zurückzuziehen sich anstemmten; so riß er sich doch mit Gewalt von ihnen in den dicht verwachsenen Busch und gelangte zu dem wohlbekannten Felsen. Er fand alle Merkzeichen der Gegend wieder, die er sich wohl in's Gedächtniß geprägt hatte; die alte halberstorbene Eiche, an deren Wurzel die Kluft sich öffnete, stand noch wie sie vor drei Jahren gestanden hatte, doch von einer Höhle war keine Spur mehr vorhanden. Veit versucht's auf alle Weise sich den Eingang in den Berg zu eröffnen, er nahm einen Stein, klopfte an den Felsen; er sollte, meint' er, sich aufthun; er zog den schweren Geldsack hervor, klingelte mit den harten Thalern und rief so laut er nur konnte: »Geist des Gebirges, nimm hin was Dein ist;« doch der Geist ließ sich weder hören noch sehen. Also mußte sich der ehrliche Schuldner entschließen, mit seinem Seckel wieder umzukehren. Sobald ihn das Weib und die Kinder von ferne erblickten, eilten sie ihm freudevoll entgegen; er war mißmüthig und sehr bekümmert, daß er seine Zahlung nicht an die Behörde abliefern konnte, setzte sich zu den Seinen auf einen Rasenrain und überlegte, was nun zu thun sei. Da kam ihm sein altes Wagestück wieder ein. »Ich will,« sprach er, »den Geist bei seinem Ekelnamen rufen; wenn's ihn auch verdreust, mag er mich bläuen und zupfen, wie er Lust hat, wenigstens hört er auf diesen Ruf gewiß;« schrie darauf aus Herzenskraft: »Rübezahl! Rübezahl!« Das angstvolle Weib bat ihn, zu schweigen, wollt' ihm den Mund zuhalten;

er ließ sich nicht wehren und trieb's immer ärger. Plötzlich drängte sich jetzt der jüngste Bube an die Mutter an, schrie bänglich: »Ach, der schwarze Mann!« Getrost fragte Veit: »Wo?« »Dort lauscht er hinter jenem Baume hervor;« und alle Kinder krochen in einen Haufen zusammen, bebten vor Furcht und schrien jämmerlich. Der Vater blickte hin und sah nichts; es war Täuschung, nur ein leerer Schatten; kurz, Rübezahl kam nicht zum Vorschein, und alles Rufen war umsonst.

Die Familienkaravane trat nun den Rückweg an, und Vater Veit ging ganz betrübt und schwermüthig auf der breiten Landstraße vor sich hin. Da erhob sich vom Walde her ein sanftes Rauschen in den Bäumen, die schlanken Birken neigten ihre Wipfel, das bewegliche Laub der Espen zitterte, das Brausen kam näher, und der Wind schüttelte die weit ausgestreckten Aeste der Steineichen, trieb dürres Laub und Grashalme vor sich her, kräuselte im Wege kleine Staubwolken empor, an welchem artigen Schauspiel die Kinder, die nicht mehr an Rübezahl dachten, sich belustigten und nach den Blättern haschten, womit der Wirbelwind spielte. Unter dem dürren Laube wurde auch ein Blatt Papier über den Weg gewehet, auf welches der kleine Geisterseher Jagd machte; doch wenn er darnach griff, hob es der Wind auf und führte es weiter, daß er's nicht erlangen konnte. Drum warf er seinen Hut darnach, der's endlich bedeckte; weil's nun ein schöner weißer Bogen war und der ökonomische Vater jede Kleinigkeit in seinem Haushalt zu nutzen pflegte, so brachte ihm der Knabe den Fund, um sich ein kleines Lob zu verdienen. Als dieser das zusammengerollte Papier aufschlug, um zu sehen, was es wäre, fand er, daß es der Schuldbrief war, den er an den Berggeist ausgestellt hatte, von oben herein zerrissen, und unten stand geschrieben: Zu Dank bezahlt.

Wie das Veit inne ward, rührt's ihn tief in der Seele, und er rief mit freudigem Entzücken: »Freue Dich, liebes Weib, und Ihr Kinder allesammt freuet Euch; er hat uns gesehen, hat unsern Dank gehöret, unser guter Wohlthäter, der uns unsichtbar umschwebte, weiß, daß Veit ein ehrlicher Mann ist. Ich bin meiner Zusage quitt und ledig, nun laßt uns mit frohem Herzen heimkehren.« Eltern und Kinder weinten noch viele Thränen der Freude und des Dankes, bis sie wieder zu ihrem Fuhrwerk gelangten, und weil die Frau groß Verlangen trug, ihre Freundschaft heimzusuchen, um durch ihren Wohlstand die filzigen Vettern zu beschämen, – denn der Bericht des Mannes hatte ihre Galle gegen die

Knauser rege gemacht, – so rollten sie frisch den Berg hinab, gelangten in der Abendstunde in die Dorfschaft und hielten bei dem nämlichen Bauerhofe an, aus welchem Veit vor drei Jahren war hinausgestoßen worden. Er pochte diesmal ganz herzhaft an und frug nach dem Wirthe. Es kam ein unbekannter Mann zum Vorschein, der gar nicht zur Freundschaft gehörte; von diesem erfuhr Veit, daß die reichen Vettern ausgewirthschaftet hatten. Der eine war gestorben, der andere verdorben, der dritte davon gegangen, und ihre Stätte ward nicht mehr gefunden in der Gemeine. Veit übernachtete nebst seiner Rollwagengesellschaft bei dem gastfreien Hauswirth, der ihm und seinem Weibe Alles weitläufiger erzählte, kehrte Tages darauf in seine Heimath und an seine Berufsgeschäfte zurück, nahm zu an Reichthum und Gütern und blieb ein rechtlicher, wohlbehaltener Mann sein Leben lang.

Rübezahls Günstling

So sehr sich's auch des Gnomen Günstling hatte angelegen sein lassen, den wahren Ursprung seines Glücks zu verhehlen, um nicht ungestüme Sollicitanten anzureizen, den gebirgischen Patron um ähnliche Spenden mit dreister Zudringlichkeit zu überlaufen, so wurde die Sache doch endlich ruchbar; denn wenn das Geheimniß des Mannes der Frau zwischen den Lippen schwebt, weht es das kleinste Lüftchen fort, wie eine Seifenblase vom Strohhalm. Veitens Frau vertraut's einer verschwiegenen Nachbarin, diese ihrer Gevatterin, diese ihrem Herrn Pathen, dem Dorfbarbier, und der allen seinen Bartkunden; so kam's im Dorfe und hernach im ganzen Kirchspiele herum. Da spitzten die verdorbenen Hauswirthe, die Lungerer und Müßiggänger das Ohr, zogen schaarenweise in's Gebirge, insultirten den Gnomen, hoben an ihn zu citiren und zu beschwören; zu ihnen gesellten sich Schatzgräber und Landfahrer, die das Gebirge durchkreuzten, allenthalben einschlugen und den Schatz in der Braupfanne zu heben vermeinten. Rübezahl ließ sie eine Zeitlang ihr Wesen treiben wie sie Lust hatten, achtet's der Mühe nicht werth, sich über die Gauche zu erzürnen, trieb nur seinen Spott mit ihnen, ließ zur Nachtzeit da und dort ein blaues Flämmchen auflodern, und wenn die Laurer kamen, ihre Mützen und Hüte darauf warfen, ließ er sie manchen schweren Geldtopf ausgraben, den sie mit Freuden heimtrugen, neun Tage lang stillschweigend verwahrten, und wenn sie nun hinkamen, den Schatz zu besehen, fanden sie Stank und Unrath im Topf, oder Scherben und Steine. Gleichwohl ermüdeten sie nicht, das alte Spiel wieder anzuheben und neuen Unfug zu treiben. Darüber wurde der Geist endlich unwillig, stäubte das lose Gesindel durch einen kräftigen Steinhagel aus seinem Gebiete hinaus und wurde gegen alle Wanderer so barsch und grämisch, daß keiner ohne Furcht das Gebirge betrat, auch selten ohne Staupe entrann, und der Name Rübezahl wurde nicht mehr gehört im Gebirge bei Menschen Gedenken.

Eines Tages sonnte sich der Geist an der Hecke seines Gartens; da kam ein Weiblein ihres Weges daher in großer Unbefangenheit, die durch ihren sonderbaren Aufzug seine Aufmerksamkeit auf sich zog. Sie hatte ein Kind an der Brust liegen, eins trug sie auf dem

Rücken, eins leitete sie an der Hand, und ein etwas größerer Knabe trug einen ledigen Korb nebst einem Rechen; denn sie wollte eine Last Laub für's Vieh laden. Eine Mutter, dachte Rübezahl, ist doch wahrlich ein gutes Geschöpf, schleppt sich mit vier Kindern und wartet dabei ihres Berufs ohne Murren, wird sich noch mit der Bürde des Korbes belasten müssen; das heißt die Freuden der Liebe theuer bezahlen! Diese Betrachtung versetzte ihn in eine gutmüthige Stimmung, die ihn geneigt machte, sich mit der Frau in Unterredung einzulassen. Sie setzte ihre Kinder auf den Rasen und streifte Laub von den Büschen; indeß wurde den Kleinen die Zeit lang, und sie fingen an, heftig zu schreien. Alsbald verließ die Mutter ihre Geschäfte, spielte und tändelte mit den Kindern, nahm sie auf, hüpfte mit ihnen singend und scherzend herum, wiegte sie in Schlaf und ging wieder an ihre Arbeit. Bald darauf stachen die Mücken die kleinen Schläfer, sie fingen ihre Symphonien von Neuem an; die Mutter wurde darüber nicht ungeduldig, sie lief in's Holz, pflückte Erdbeeren und Himbeeren und legte das kleinste Kind an die Brust. Diese mütterliche Behandlung gefiel dem Gnomen ungemein wohl. Allein der Schreier, der vorher auf der Mutter Rücken ritt, wollte sich durch nichts

befriedigen lassen, war ein störrischer eigen-
sinniger Junge, der die Erdbeeren, die ihm die
liebreiche Mutter darreichte, von sich warf
und dazu schrie, als wenn er gespießt wäre.
Darüber riß ihr doch endlich die Geduld aus:
»Rübezahl,« rief sie, »komm' und friß mir
den Schreier!« Augenblicks versichtbarte sich
der Geist in der Köhlergestalt, trat zum Weibe
und sprach: »Hie bin ich, was ist Dein Be-
gehr?« Die Frau gerieth über diese Erscheinung in großen Schrecken; wie sie aber ein
frisches, herzhaftes Weib war, sammelte sie
sich bald und faßte Muth. »Ich rief Dich nur,«
sprach sie, »meine Kinder schweigen zu machen; nun sie ruhig sind, bedarf ich Deiner
nicht, sei bedankt für Deinen guten Willen.«
»Weißt Du auch«, gegenredete der Geist, »daß
man mich hier nicht ungestraft ruft? Ich halte
Dich beim Wort, gieb mir Deinen Schreier,
daß ich ihn fresse; so ein leckerer Bissen ist mir
lange nicht vorgekommen.« Darauf streckte
er die rußige Hand aus, den Knaben in Empfang zu nehmen.

Wie eine Gluckhenne, wenn der Weih hoch
über dem Dache in den Lüften schwebt oder
der schäkerhafte Spitz auf dem Hofe hetzt,
mit ängstlichem Glucksen vorerst ihre Küch-
lein in den sichern Hühnerkorb lockt, dann
ihr Gefieder emporsträubt, die Flügel aus-

breitet und mit dem stärkeren Feinde einen ungleichen Kampf beginnt: so fiel das Weib dem schwarzen Köhler wüthig in den Bart, ballte die kräftige Faust und rief: »Ungethüm! das Mutterherz mußt Du mir erst aus dem Leibe reißen, eh' Du mir mein Kind raubest.« Eines so muthvollen Angriffs hatte sich Rübezahl nicht versehen, er wich gleichsam schüchtern zurück; dergleichen handfeste Erfahrung in der Menschenkunde war ihm noch nie vorgekommen. Er lächelte das Weib freundlich an: »Entrüste Dich nicht! Ich bin kein Menschenfresser, wie Du wähnest, will Dir und Deinen Kindern auch kein Leides thun; aber laß mir den Knaben; der Schreier gefällt mir, will ihn halten wie einen Junker, will ihn in Sammet und Seide kleiden und einen wackern Kerl aus ihm ziehen, der Vater und Brüder einst nähren soll. Fordere hundert Schreckenberger, ich zahle sie Dir.«

»Ha!« lachte das rasche Weib, »gefällt Euch der Junge? Ja das ist ein Junge wie'n Daus, der wäre mir nicht um aller Welt Schätze feil.«

»Thörin!« versetzte Rübezahl, »hast Du nicht noch drei Kinder, die Dir Last und Ueberdruß machen! Mußt sie kümmerlich nähren und Dich mit ihnen plagen Tag und Nacht.«

Das Weib: »Wohl wahr, aber dafür bin ich

Mutter, muß thun was meines Berufes ist. Kinder machen Ueberlast, aber auch manche Freude.«

Der Geist: »Schöne Freude, sich mit den Bälgen tagtäglich zu schleppen, sie zu gängeln, zu säubern, ihre Unart und Geschrei zu ertragen!«

Sie: »Wahrlich, Herr, Ihr kennt die Mutterfreuden wenig. Alle Arbeit und Mühe versüßt ein einziger freundlicher Anblick, das holde Lächeln und Lallen der kleinen unschuldigen Würmer. – Seht mir nur den Goldjungen da, wie er an mir hängt, der kleine Schmeichler! Nun ist er's nicht gewesen, der geschrien hat. – Ach, hätte ich doch hundert Hände, die Euch heben und tragen und für Euch arbeiten könnten, Ihr lieben Kleinen!«

Der Geist: »So! hat denn Dein Mann keine Hände, die arbeiten können?«

Sie: »O ja, die hat er! Er rührt sie auch, und ich fühl's zuweilen.«

Der Geist, aufgebracht: »Wie? Dein Mann erkühnt sich, die Hand gegen Dich aufzuheben? gegen solch ein Weib? Das Genick will ich ihm brechen, dem Mörder!«

Sie, lachend: »Da hättet Ihr traun viel Hälse zu brechen, wenn alle Männer mit dem Halse büßen sollten, die sich an der Frau vergreifen. Die Männer sind eine schlimme Nation; drum heißt's: Eh'stand, Weh'stand; muß mich drein ergeben, warum hab' ich gefreit.«

Der Geist: »Nun ja, wenn Du wußtest, daß die Männer eine schlimme Nation sind, so war's auch ein dummer Streich, daß Du freitest.«

Sie: »Mag wohl! Aber Steffen war ein flinker Kerl, der guten Erwerb hatte, und ich eine arme Dirne ohne Heirathsgut. Da kam er zu mir, begehrte mich zur Eh', gab mir einen Wildemannsthaler auf den Kauf, und der Handel war gemacht. Nachher hat er mir den Thaler wieder abgenommen, aber den wilden Mann hab' ich noch.«

Der Geist lächelte. »Vielleicht hast Du ihn wild gemacht durch Deinen Starrsinn.«

Sie: »Oh, den hat er mir schon ausgetrieben! Aber Steffen ist ein Knauser; wenn ich ihm einen Engelgroschen abfordere, so rasaunt er im Hause ärger als Ihr zu Zeiten im Gebirge, wirft mir meine Armuth vor, und da muß ich schweigen. Wenn ich ihm eine Aussteuer zugebracht hätte, wollt' ich ihm schon den Daumen auf's Auge halten.«

Der Geist: »Was treibt Dein Mann für ein Gewerbe?«

Sie: »Er ist ein Glashändler, muß sich seinen Erwerb auch lassen sauer werden; schleppt der arme Tropf die schwere Bürde aus Böhmen herüber Jahr aus Jahr ein; wenn ihm nun unterwegs ein Glas zerbricht, muß ich's und die armen Kinder freilich entgelten; aber Liebesschläge thun nicht weh'.«

Der Geist: »Du kannst den Mann noch lieben, der Dir so übel mitspielt?«

Sie: »Warum nicht lieben? Ist er nicht der Vater meiner Kinder? Die werden Alles gut machen und uns wohl lohnen, wenn sie groß sind.«

Der Geist: »Leidiger Trost! Die Kinder danken auch der Eltern Müh' und Sorgen! Werden Dir die Jungen den letzten Heller aus dem Schweißtuch pressen, wenn sie der Kaiser zum Heere schickt in's ferne Ungerland, daß die Türken sie erschlagen.«

Das Weib: »Ei nun, das kümmert mich auch nicht; werden sie erschlagen, so sterben sie für den Kaiser und für's Vaterland in ihrem Beruf; können aber auch Beute machen und die alten Eltern pflegen.«

Hierauf erneuerte der Geist den Knabenhandel nochmals; doch das Weib würdigte ihn keiner Antwort, raffte das Laub in den Korb, band oben drauf den kleinen Schreier mit der Leibschnur fest, und Rübezahl wandte sich als wollt' er fürder gehen. Weil aber die Bürde zu schwer war, daß das Weib nicht aufkommen konnte, rief sie ihn zurück: »Ich hab'

Euch einmal gerufen,« sprach sie, »helft mir nun auch auf, und wenn Ihr ein Uebriges thun wollt, so schenkt dem Knaben, der Euch gefallen hat, ein Gutfreitagsgröschel* zu einem Paar Semmeln; morgen kommt der Vater heim, der wird uns Weißbrod aus Böhmen mitbringen.« Der Geist antwortete: »Aufhelfen will ich Dir wohl; aber giebst Du mir den Knaben nicht, so soll er auch keine Spende haben.« »Auch gut!« versetzte das Weib, und ging ihres Weges.

Je weiter sie ging, je schwerer wurde der Korb, daß sie unter der Last schier erlag, und alle zehn Schritte verschnauben mußte. Das schien ihr nicht mit rechten Dingen zuzugehen; sie wähnte, Rübezahl habe ihr einen Possen gespielt und eine Last Steine unter das Laub prakticirt; darum setzte sie den Korb ab auf dem nächsten Rande und stürzte ihn um. Doch es fielen eitel Laubblätter heraus und keine Steine. Also füllte sie ihn wieder zur Hälfte und raffte noch so viel Laub in's Vortuch als sie darein fassen konnte; aber bald ward ihr die Last von Neuem zu schwer, und

---

* Eine schlesische Münze, einen Dreier an Werth, welche ehedem die Fürsten von Liegnitz prägen und auf den Charfreitag an die Armen zum Almosen vertheilen ließen.

sie mußte nochmals ausleeren, welches die rüstige Frau groß Wunder nahm; denn sie hatte gar oft hochgepanzte Graslasten heimgetragen und solche Mattigkeit noch nie gefühlt. Demungeachtet beschickte sie bei ihrer Heimkunft den Haushalt, warf den Ziegen und den jungen Hipplein das Laub vor, gab den Kindern das Abendbrod, brachte sie in Schlaf, betete ihren Abendsegen und schlief flugs und fröhlich ein.

Die frühe Morgenröthe und der wache Säugling, der mit lauter Stimme sein Frühstück heischte, weckten das geschäftige Weib zu ihrem Tagewerk aus dem gesunden Schlaf. Sie ging zuerst mit dem Melkfasse ihrer Gewohnheit nach zum Ziegenstalle. Welch schreckensvoller Anblick! Das gute, nahrhafte Hausthier, die alte Ziege, lag da rohhart und steif, hatte alle Viere von sich gestreckt und war verschieden; die Hipplein aber verdrehten die Augen gräßlich im Kopfe, steckten die Zunge von sich, und gewaltsame Zuckungen verriethen, daß sie der Tod ebenfalls schüttele. So ein Unglücksfall war der guten Frau noch nicht begegnet, seitdem sie wirthschaftete; ganz betäubt von Schrecken sank sie auf ein Bündlein Stroh hin, hielt die Schürze vor die Augen, denn sie konnte den Jammer der Sterblinge nicht ansehen, und erseufzte tief:

»Ich unglückliches Weib, was fang' ich an! Und was wird mein harter Mann beginnen, wenn er nach Hause kömmt? Ach, hin ist mein ganzer Gottessegen auf dieser Welt!« – Augenblicklich strafte sie das Herz dieses Gedankens wegen. »Wenn das liebe Vieh Dein ganzer Gottessegen ist auf dieser Welt, was ist denn Steffen und was sind Deine Kinder?« Sie schämte sich ihrer Uebereilung; laß fahren dahin aller Welt Reichthum, dachte sie, hast Du doch noch Deinen Mann und Deine vier Kinder. Ist doch die Milchquelle für den lieben Säugling noch nicht versiegt, und für die übrigen Kinder ist Wasser im Brunnen. Wenn's auch einen Strauß mit Steffen absetzt und er mich übel schlägt, was ist's mehr als ein böses Ehestündlein? Habe ich doch nichts verwahrloset. Die Ernte steht bevor, da kann ich schneiden gehn, und auf den Winter will ich spinnen bis in die tiefe Mitternacht; eine Ziege wird ja wol wieder zu erwerben sein, und habe ich die, so wird's auch nicht an Hipplein fehlen.

Indem sie das bei sich gedachte, ward sie wieder frohen Muthes, trocknete ab ihre Thränen, und wie sie die Augen aufhob, lag da vor ihren Füßen ein Blättlein, das flitterte und blinkte so hell, so hochgelb wie gediegen Gold; sie hob es auf, besah's, und es war schwer wie Gold. Rasch sprang sie auf, lief damit zu ihrer Nachbarin, der Judenfrau, zeigte ihr den Fund mit großer Freude, und die Jüdin erkannte es für reines Gold, schacherte es ihr ab und zählte ihr dafür zwei Dickthaler baar auf den Tisch. Vergessen war nun all' ihr Herzeleid. Solchen Schatz an Baarschaft hatte das arme Weib noch nie im Besitz gehabt. Sie lief zum Bäcker, kaufte Strözel und Butterkringel und eine Hammelkeule für Steffen, die sie zurichten wollte, wenn er müde und hungrig auf den Abend von der Reise käme. Wie zappelten die Kleinen der fröhlichen Mutter entgegen, da sie hereintrat und ihnen ein so ungewohntes Frühstück austheilte! Sie überließ sich ganz der mütterlichen Freude, die hungrige Kinderschar abzufüttern; und nun war ihre erste Sorge, das ihrer Meinung nach von einer Unholdin gesterbte Vieh bei Seite zu schaffen und dieses häusliche Unglück vor dem Manne so lange als möglich zu verheimlichen. Aber ihr Erstaunen ging über Alles, als sie von ungefähr in den Futtertrog sah und einen ganzen Haufen goldner Blätter darin erblickte. Wenn sie der griechischen Volksmärchen kundig gewesen wäre, so würde sie leicht darauf gerathen haben, daß ihr liebes Hausvieh an der Indigestion des Königs Midas gestorben sei. Ihr ahnete so etwas; darum schärfte sie geschwind das Küchenmesser, brach den Ziegenleichnam auf und fand im Magenschlunde einen Klumpen Gold, so groß als einen Paulinerapfel, und so auch nach Verhältniß in den Mägen der Zicklein.

Jetzt wußte sie ihres Reichthums kein Ende; doch mit der Besitznehmung empfand sie auch die drückenden Sorgen desselben; sie wurde unruhig, scheu, fühlte Herzklopfen, wußte nicht ob sie den Schatz in die Lade verschließen oder in den Keller vergraben sollte, fürchtete Diebe und Schatzgräber, wollte auch den Knauser Steffen nicht gleich Alles wissen lassen, aus gerechter Besorgniß, daß er, vom Wuchergeist angetrieben, den Mammon an sich nehmen und sie dennoch nebst den Kindern darben lassen möchte. Sie sann lange, wie sie's klug damit anstellen möchte, und fand keinen Rath.

Der Pfaff' im Dorfe war der Schutzpatron aller bedrängten Weiber, der aus Gutmüthigkeit oder aus Neigung dem weibischen, als dem schwächsten Werkzeug seine gebürende Ehre gab und durchaus nicht gestattete, daß bengelhafte Ehekonsorten seine Beichttöchter mißhandelten, sondern legte den ungestümen Haustyrannen, wenn Klage einlief, schwere Bußen auf und nahm stets der Weiber Partei; auch hatte er die magische Hechtleber der Pönitenz bei dem mürrischen Steffen nie geschont, zu Nutz und Frommen des guten Weibes den Asmodi aus der Ehekammer damit wegzuräuchern. Sie nahm also ihre Zuflucht zu dem trostreichen Seelenpfleger, berichtete ihm unverhohlen das Abenteuer mit Rübezahl, wie er ihr zu großem Reichthum verholfen, und was sie dabei für Anliegen habe, belegte auch die Wahrheit der Sache mit dem ganzen Schatze, den sie bei sich trug. Der Pfaff kreuzte sich über das Wunderbare dieser Begebenheit mächtig, freute sich gleichwohl über das Glück des armen Weibes und rückte darauf sein Käpplein hin und her, für sie guten Rath zu suchen, um ohne Spuk und Aufsehen sie im ruhigen Besitz ihres Reichthums zu erhalten und auch Mittel auszufinden, daß der zähe Steffen sich desselben nicht bemächtigen könne.

Nachdem er lange simulirt hatte, redete er also: »Hör' an, meine Tochter, ich weiß guten Rath für Alles. Wäge mir das Gold zu, daß ich's Dir getreulich aufbewahre; dann will ich einen Brief schreiben in wälscher Sprache, der soll dahin lauten: Dein Bruder, der vor Jahren in die Fremde ging, sei in der Venediger Dienst nach Indien geschifft und daselbst gestorben, und habe all sein Gut Dir im Testament vermacht, mit dem Beding, daß der Pfarrer des

Kirchspiels Dich bevormunde, damit es Dir allein und keinem Andern zu Nutz komme. Ich begehre weder Lohn noch Dank von Dir; nur gedenke, daß Du der heiligen Kirche einen Dank schuldig bist für den Segen, den Dir der Himmel beschert hat, und gelobe ein reiches Meßgewand in die Sakristei.« Dieser Rath behagte dem Weibe herrlich; sie gelobte dem Pfarrer das Meßgewand; er wog in ihrem Beisein das Gold gewissenhaft bis auf ein Quentchen aus, legte es in den Kirchenschatz, und das Weib schied mit frohem und leichtem Herzen von ihm.

Rübezahl war nicht minder Weiberpatron als der gutmüthige Parochus zu Kirsdorf, doch mit Unterschied. Der Letztere verehrte das weibliche Geschlecht überhaupt, weil, wie er sagte, die heilige Jungfrau dazu gehöre, ohne gegen einzelne Dirnen eine Vorliebe blicken zu lassen, weshalb das lästerzüngige Gerücht seinen guten Ruf hätte verdächtig machen können; jener im Gegentheil haßte das ganze Geschlecht um Eines Mädchens willen, das ihn überlistet hatte, ob ihn gleich seine Launen zuweilen auf den milden Ton stimmten, ein einzelnes Weiblein in Schutz zu nehmen und ihr gefällig zu sein. So sehr die wackere Dörferin mit ihren Gesinnungen und Benehmen seine Gewogenheit erworben hatte, so ungehalten war er auf den barschen Steffen, trug groß Verlangen, das biedere Weib an ihm zu rächen, ihm einen Possen zu spielen, daß ihm angst und weh' dabei würde, und ihn dadurch so kirre zu machen, daß er der Frau unterthan würde, und sie ihm nach Wunsche den Daumen auf's Auge halten könne. Zu diesem Behuf sattelte er den raschen Morgenwind, saß auf und galoppirte über Berg und Thal, spionirte wie ein Ausreiter auf allen Landstraßen und Kreuzwegen von Böhmen her, und wo er einen Wanderer erblickte, der eine Bürde trug, war er hinter ihm her und forschte mit dem Scharfblick eines Korbbeschauers nach seiner Ladung. Zum Glück führte kein Wanderer, der diese Straße zog, Glaswaare, sonst hätte er für Schaden und Spott nicht sorgen dürfen, ohne einen Ersatz zu hoffen, wenn er auch gleich der Mann nicht gewesen wäre, den Rübezahl suchte.

Bei diesen Anstalten konnte ihm der schwer beladene Steffen allerdings nicht entgehen. Um Vesperzeit kam ein rüstiger frischer Mann angeschritten, mit einer großen Bürde auf dem Rücken. Unter seinem festen, sichern Tritt ertönte jedesmal die Last, die er trug. Der Lauerer freute sich, sobald er ihn in der Ferne witterte, daß ihm nun seine Beute gewiß war und rüstete sich, seinen Meisterstreich auszuführen. Der keuchende Steffen hatte beinahe das Gebirge erstiegen; nur die letzte Anhöhe war noch zu gewinnen, so ging es bergab nach der Heimath zu, darum sputete er sich, den Gipfel zu erklimmen; aber der Berg war steil und die Last war schwer. Er mußte mehr als einmal ruhen, stützte den knotigen Stab unter den Korb, um das drückende Gewicht desselben zu mindern, und trocknete den Schweiß, der ihm in großen Tropfen vor der Stirne stand. Mit Anstrengung der letzten Kräfte erreichte er endlich die Zinne des Berges, und ein schöner gerader Pfad führte zu dessen Abhang. Mitten am Wege lag ein abgesägter Fichtenbaum, und der Ueberrest des Stammes stand daneben, kerzengerade und aufrecht, oben geebnet wie ein Tischblatt. Ringsumher grünte Tunkagras, Schwallenzagel und Marienflachs. Dieser Anblick war dem ermüdeten Lastträger so anlockend und zu einem Ruheplatz so bequem, daß er alsbald den schweren Korb auf den Klotz absetzte und sich gegenüber im Schatten auf das weiche Gras streckte. Hier übersann er, wie viel reinen Gewinn ihm seine Waare diesmal einbringen würde, und fand nach genauem Ueberschlag, daß, wenn er keinen Groschen in's Haus verwendete, und die fleißige Hand seines Weibes für Nahrung und Kleidung sorgen ließe, er gerade so viel lösen würde, auf dem Markte zu Schmiedeberg sich einen Esel zu kaufen und zu befrachten. Der Gedanke, wie er in Zukunft dem Grauschimmel die Last aufbürden und gemächlich nebenher gehen würde, war ihm zu der Zeit, wo seine Schultern eben wund gedrückt waren, so herzerquickend, daß er ihm, wie es bei frohen Idealen sehr natürlich ist, weiter nachhing. Ist einmal der Esel da, dachte er, so soll mir bald ein Pferd draus werden, und hab' ich nun den Rappen im Stalle, so wird sich auch ein Acker dazu finden, darauf sein Hafer wächst. Aus einem Acker werden dann leicht zwei, aus zweien vier, mit der Zeit eine Hufe und endlich ein Bauerngut, und dann soll Ilse auch einen neuen Rock haben.

Er war mit seinen Projekten beinahe so weit wie Herzog Michel oder das Milchmädchen*, da tummelte Rübezahl seinen Wirbelwind um den Holzstock herum und stürzte mit einem Mal den Glaskorb herunter, daß der zerbrechliche Kram in tausend Stücken zerfiel. Das war ein Donnerschlag in Steffen's Herz; zugleich vernahm er in der Ferne ein lautes Gelächter, wenn's anders nicht Täuschung war und das Echo den Laut der zer-

---

* Zwei Charaktere aus bekannten Theaterstücken.

schellten Gläser nur wieder zurückgab. Er nahm's für Schadenfreude, und weil ihm der unmäßige Windstoß unnatürlich schien, auch da er recht zusah, Klotz und Baum verschwunden waren, so rieth er leicht auf den Unglücksstifter. »Oh!« wehklagte er, »Rübezahl, Du Schadenfroh, was habe ich Dir gethan, daß Du mein Stückchen Brod mir nimmst, meinen sauren Schweiß und Blut! Ach, ich geschlagener Mann auf Lebenszeit!« Hierauf gerieth er in eine Art von Wuth, stieß alle erdenklichen Schmähreden gegen den Berggeist aus, um ihn zum Zorn zu reizen. »Halunke,« rief er, »komm' und erwürge mich, nachdem Du mir mein Alles auf der Welt genommen hast!« In der That war ihm auch das Leben in dem Augenblick nicht mehr werth als ein zerbrochen Glas; Rübezahl ließ indessen weiter nichts von sich sehen noch hören.

Der verarmte Steffen mußte sich entschließen, wenn er nicht den ledigen Korb nach Hause tragen wollte, die Bruchstücke zusammen zu lesen, um auf der Glashütte wenigstens ein Paar Spitzgläser zum Anfang eines neuen Gewerbes dafür einzutauschen. Tiefsinnig wie ein Rheder, dessen Schiff der gefräßige Ocean mit Mann und Maus verschlungen hat, ging er das Gebirge hinab, schlug sich mit tausend schwermüthigen Gedanken, machte zwischenein dennoch auch allerlei Spekulationen, wie er den Schaden ersetzen und seinem Handel wieder aufhelfen könne. Da fielen ihm die Ziegen ein, die seine Frau im Stalle hatte; doch sie liebte sie schier wie ihre Kinder, und im Guten, wußte er, waren sie ihr nicht abzugewinnen. Darum erdachte er diesen Kniff, sich seines Verlustes gar nicht daheim auszuthun, auch nicht bei Tage in seine Wohnung zurückzukehren, sondern um Mitternacht sich in's Haus zu stehlen, die Ziegen nach Schmiedeberg auf den Markt zu treiben und das daraus gelöste Geld zum Ankauf neuer Waare zu verwenden, bei seiner Zurückkunft aber mit dem Weibe zu hadern und sich bärbeißig zu stellen, als habe sie durch Unachtsamkeit das Vieh in seiner Abwesenheit stehlen lassen.

Mit diesem wohlersonnenen Vorhaben schlich der unglückliche Fragmentensammler nahe beim Dorfe in einen Busch und erwartete mit sehnlichem Verlangen die Mitternachtsstunde, um sich selbst zu bestehlen. Mit dem Schlag zwölf machte er sich auf den Diebsweg, kletterte über die niedrige Hofthür, öffnete sie von innen und schlich mit Herzpochen zum Ziegenstalle; er hatte doch Scheu und Furcht vor seinem Weibe, auf einer unrechten

That sich erfinden zu lassen. Wider Gewohnheit war der Stall unverschlossen, was ihn Wunder nahm, ob's ihn gleich freute; denn er fand in dieser Fahrlässigkeit einen Schein Rechtens, sein Vornehmen damit zu beschönigen. Aber im Stalle fand er Alles öde und wüste; da war nichts was Leben und Odem hatte, weder Ziege noch Böcklein. Im ersten Schrecken vermeinte er, es habe ihm bereits ein Diebskonsorte vorgegriffen, dem das Stehlen geläufiger sei als ihm; denn Unglück kommt selten allein. Bestürzt sank er auf die Streu und überließ sich, da ihm auch der letzte Versuch, seinen Handel wieder in Gang zu bringen, mißlungen war, einer dumpfen Traurigkeit.

Seitdem die geschäftige Ilse vom Pfaffen wieder zurück war, hatte sie mit frohem Muthe Alles fleißig zugeschickt, ihren Mann mit einer guten Mahlzeit zu empfangen, wozu sie den geistlichen Weiberfreund auch eingeladen hatte, welcher verhieß, ein Kännlein Speisewein mitzubringen, um beim fröhlichen Gelag dem aufgemunterten Steffen von der reichen Erbschaft des Weibes Bericht zu geben, und unter welcherlei Bedingungen er daran Genuß und Antheil haben solle. Sie sah gegen Abendzeit fleißig zum Fenster hinaus, ob Steffen käme, lief aus Ungeduld hinaus vor's Dorf, blickte mit ihren schwarzen Augen gegen die Landstraße hin, war bekümmert, warum er so lange weile, und da die Nacht hereinbrach, folgten ihr bange Sorgen und Ahnungen in die Bettkammer, ohne daß sie an's Abendbrod dachte. Lange kam ihr kein Schlaf in die ausgeweinten Augen, bis sie gegen Morgen in einen unruhigen, matten Schlummer fiel. Den armen Steffen quälten Verdruß und Langeweile im Ziegenstalle nicht minder; er war so niedergedrückt und kleinlaut, daß er sich nicht traute, an die Thür zu klopfen. Endlich kam er doch hervor, pochte ganz verzagt an und rief mit wehmüthiger Stimme: »Liebes Weib, erwache und thue auf Deinem Manne!« Sobald Ilse seine Stimme vernahm, sprang sie flink vom Lager wie ein muntres Reh, lief an die Thür und umhalste ihren Mann mit Freuden; er aber erwiederte diese herzigen Liebkosungen gar kalt und frostig, setzte seinen Korb ab und warf sich mißmuthig auf die Höllbank. Wie das fröhliche Weib das Jammerbild sah, ging's ihr an's Herz. »Was schad't Dir, lieber Mann,« sprach sie bestürzt, »was hast Du?« Er antwortete nur durch Stöhnen und Seufzen; dennoch frug sie ihm bald die Ursache des Kummers ab, und weil ihm das Herz zu voll war, konnte er sein erlittenes Unglück dem trauten Weibe nicht

länger verhehlen. Da sie vernahm, daß Rübezahl den Schabernack verübt hatte, errieth
sie leicht die wohlthätige Absicht des Geistes und konnte sich des Lachens nicht erweh-
ren, welches Steffen bei muthigerer Gemüths-
fassung ihr übel würde gelohnt haben. Jetzt
ahndete er den scheinbaren Leichtsinn nicht
weiter und frug nur ängstlich nach dem Zie-
genvieh. Das reizte noch mehr des Weibes
Zwerchfell, da sie merkte, daß der Hausvogt
schon allenthalben umher spionirt hatte. »Was
kümmert Dich mein Vieh?« sprach sie, »hast
Du doch noch nicht nach den Kindern ge-
fragt; das Vieh ist wohl aufgehoben draußen
auf der Weide. Laß Dich auch den Tück von
Rübezahl nicht anfechten und gräme Dich
nicht; wer weiß, wo er oder ein Anderer uns
reichen Ersatz dafür giebt.« »Da kannst Du
lange warten,« sprach der Hoffnungslose. »Ei
nun,« versetzte das Weib, »Unverhofft kommt
oft. Sei unverzagt, Steffen! hast Du gleich
keine Gläser und ich keine Ziegen mehr, so
haben wir doch vier gesunde Kinder und vier
gesunde Arme, sie und uns zu ernähren; das
ist unser ganzer Reichthum.« »Ach, daß es
Gott erbarme!« rief der bedrängte Mann,
»sind die Ziegen fort, so trage die vier Bälge
nur gleich in's Wasser, nähren kann ich sie
nicht.« »Nun so kann ich's,« sprach Ilse.

Bei diesen Worten trat der freundliche Pfaff herein, hatte vor der Thür schon die ganze Unterredung abgelauscht, nahm das Wort, hielt Steffen eine lange Predigt über den Text, daß der Geiz eine Wurzel alles Uebels sei; und nachdem er ihm das Gesetz genugsam geschärft hatte, verkündigte er ihm nun auch das Evangelium von der reichen Erbschaft des Weibes, zog den wälschen Brief heraus und verdolmetschte ihm daraus, daß der zeitige Parochus in Kirsdorf zum Vollstrecker des Testaments bestellt sei und die Verlassenschaft des abgeschiedenen Schwagers zu sicherer Hand bereits empfangen habe.

Steffen stand da wie ein stummer Oelgötz', konnte nichts als sich dann und wann verneigen, wenn bei Erwähnung der durchlauchten Republik Venedig der Pfaff ehrerbietig an's Käpplein griff. Nachdem er wieder zu mehrer Besonnenheit gelangt war, fiel er dem trauten Weibe herzig in die Arme und that ihr die zweite Liebeserklärung in seinem Leben, so warm als die erste, und, ob sie wol jetzt aus andern Beweggründen abstammte, so nahm sie Ilse doch für gut auf. Steffen wurde von nun an der schmeidigste gefälligste Ehemann, ein liebevoller Vater seiner Kinder und dabei ein fleißiger ordentlicher Wirth; denn Müßiggang war nicht seine Sache.

Der redliche Pfaff verwandelte nach und nach das Gold in klingende Münze und kaufte davon ein großes Bauerngut, worauf Steffen und Ilse wirthschafteten ihr Leben lang. Den Ueberschuß lieh er auf Zins aus und verwaltete das Kapital seiner Curandin so gewissenhaft als den Kirchenschatz, nahm keinen andern Lohn dafür als ein Meßgewand, das Ilse so prächtig machen ließ, daß kein Erzbischof sich desselben hätte schämen dürfen.

Die zärtliche treue Mutter erlebte noch im Alter große Freude an ihren Kindern, und Rübezahl's Günstling wurde gar ein wackrer Mann, diente im Heer des Kaisers lange Zeit unter Wallenstein im dreißigjährigen Kriege und war ein so berühmter Parteigänger als Stalhantsch*.

---

* Ein bekannter schwedischer Officier, gleichfalls aus dem dreißigjährigen Kriege.

FÜNFTE LEGENDE

Gastgeber Rübezahl

Seitdem Mutter Ilse von dem Gnomen so herrlich war dotirt worden, ließ er lange Zeit nichts wieder von sich hören. Zwar trug sich das Volk mit allerlei Wundergeschichten, welche die Phantasie der Hausmütter in geselligen Winterabenden so lang und fein ausspann als den Faden am Rocken; es war aber eitel Fabelei zur Kurzweil ausgedacht. Wie's immer hundert Narren und Tollhäusler gegen einen Besessenen, hundert Fanatiker gegen einen Inspirirten, hundert Träumer gegen einen Geisterseher geben soll, so gab's auch im Riesengebirge von jeher hundert lügenhafte Volkssagen vom Rübezahl gegen eine authentische Geschichte. Der Gräfin Cäcilie, Voltairens Zeitgenossin und Schülerin, war noch in unsern Tagen die letzte Entrevue mit dem Gnomen aufbehalten, bevor er seine jüngste Hinabfahrt in die Unterwelt antrat.

Diese Dame, mit all den Gichtern und vornehmen Gebrechen beladen, welche die gallische Küche und Sitte den verzärtelten Töchtern Teut's zur Ausbeute giebt, machte nebst zwei gesunden blühenden Töchtern die Reise in's Carlsbad. Die Mutter verlangte so sehr nach der Badekur und die Fräuleins nach der Badegesellschaft, nach den Bällen, Serenaden und den übrigen Lustbarkeiten des Bades, daß sie sonder Rast Tag und Nacht reisten. Es traf sich, daß sie gerade mit Sonnenuntergang in's Riesengebirge gelangten. Es war ein schöner warmer Sommerabend, kein Lüftchen regte sich. Der nächtliche Himmel, mit funkelnden Sternen besäet, die goldne Mondssichel, deren milchfarbnes Licht die schwarzen Waldschatten der hohen Fichten milderte, und die beweglichen Funken unzähliger leuchtender Insekten, die in den Gebüschen scherzten, gaben die Beleuchtung zu einer der schönsten Naturscenen, wiewohl die Reisegesellschaft wenig davon wahrnahm; denn Mama war, da es gemachsam bergan ging, von der schaukelnden Bewegung des Wagens in sanften Schlummer gewiegt worden, und die Töchter nebst der Zofe hatten sich jede in ein Eckchen gedrückt und schlummerten gleichfalls. Nur dem wachsamen Johann kam auf der hohen Warte des Kutschbockes kein Schlaf in die Augen; alle Geschichten von Rübezahl, die er vor Zeiten so inbrünstig angehört hatte, kamen ihm jetzt auf dem Tummelplatz dieser Abenteuer wieder in den Sinn und er hätte wohl gewünscht, nie etwas davon gehört zu haben. Ach, wie sehnte er sich nach dem sichern Breslau zurück, wohin sich nicht leicht ein Gespenst wagte! Er sah schüchtern auf alle Seiten umher und durchlief mit den Augen oft alle zweiunddreißig Regionen der Windrose in weniger als einer Minute, und wenn er etwas ansichtig wurde, das ihm bedenklich schien, lief ihm ein kalter Schauer den Rücken herunter, und die Haare stiegen ihm zu Berge. Zuweilen ließ er seine Besorgnisse den Schwager Postillon merken und forschte mit Fleiß von ihm, ob's auch geheuer sei im Gebirge. Wiewohl ihm dieser nun die heile Haut durch einen kräftigen Fuhrmannsschwur assekurirte, bangte ihm doch das Herz unablässig.

Nach einer langen Pause der Unterredung hielt der Postkutscher die Pferde an, murmelte etwas zwischen den Zähnen und fuhr weiter, hielt nochmals an und wechselte so verschiedentlich. Johann, der seine Augen fest geschlossen hatte, ahnete aus diesem Kutschermanöver nichts Gutes, blickte schüchtern auf und sah mit Entsetzen in der Weite eines Steinwurfs vor dem Wagen eine pechrabenschwarze Gestalt daher wandeln, von übermenschlicher Größe, mit einem weißen spanischen Halskragen angethan, und das Bedenklichste bei der Sache war, daß der Schwarzmantel keinen

Kopf hatte. Hielt der Wagen, so stand der Wanderer, und regte Wipprecht die Pferde an, so ging er auch fürder. »Schwager, siehst Du was!« rief der zaghafte Tropf vom hohen Kutschbock herab mit berganstehendem Haar. »Freilich seh' ich was,« antwortete dieser ganz kleinlaut; »aber schweig' nur, daß wir's nicht irren.« Johann waffnete sich mit allen Stoß-gebetlein, die er wußte, das Benedicite und Gratias mit eingeschlossen, schwitzte dabei vor Angst kalten Todesschweiß. Und wie ein Blitzscheuer, wenn's in der Nacht wetter-leuchtet und der Donner noch in der Ferne rollt, schon das ganze Haus rege macht, um sich durch die Geselligkeit vor der gefürchte-ten Gefahr zu sichern, so suchte aus dem nämlichen Instinkt der verzagte Diener Trost und Schutz bei seiner schlummernden Herr-schaft und klopfte hastig an's Fensterglas. Die erwachende Gräfin, unwillig, daß sie aus ih-rem sanften Schlummer gestört wurde, fragte: »Was giebt's?« »Ihr Gnaden, schaun Sie einmal aus,« rief Johann mit zagender Stimme, »dort geht ein Mann ohne Kopf.« »Dummkopf, der Du bist,« antwortete die Gräfin, »was träumt Deine Pöbelphantasie für Fratzen! Und wenn dem so wäre,« fuhr sie scherzhaft fort, »so ist ja ein Mann ohne Kopf keine Seltenheit, es giebt deren in Breslau und außerhalb genug«.

Die Fräuleins konnten indessen den Witz der gnädigen Mama diesmal nicht schmecken; ihr Herz war beklommen vor Schrecken, sie schmiegten sich schüchtern an die Mutter an, bebten und jammerten: »Ach, das ist Rübezahl, der Bergmönch!« Die Dame aber, die von der Geisterwelt eine ganz andere Theorie hatte als die Töchter, und keine Geister glaubte als Schöngeister und starke Geister, strafte die Fräuleins dieser pfahlbürgerischen Vorurtheile halber, bewies, daß alle Gespenster- und Spukgeschichten Ausgeburten einer kranken Einbildungskraft wären, und erklärte mit H–ngsscher Weisheit die Geistererscheinungen sammt und sonders aus natürlichen Ursachen.

Ihre Suada war eben in vollem Gange, als der Schwarzmantel, der auf einige Augenblicke dem Gespensterspäher aus den Augen geschwunden war, wieder aus dem Busch hervor an den Weg trat. Da war nun deutlich wahrzunehmen, daß Johann falsch gesehen hatte; der Wandersmann hatte allerdings einen Kopf, nur daß er ihn nicht wie gewöhnlich zwischen den Schultern, sondern wie einen Schooßhund im Arme trug. Dieses Schreckbild in der Weite von drei Schritten erregte innerhalb und außerhalb des Wagens groß Entsetzen. Die holden Fräuleins und die Zofe, welche sonst nicht gewohnt war mit einzureden, wenn ihre junge Herrschaft das Wort führte, thaten aus einem Munde einen lauten Schrei, ließen den seidenen Vorhang herabrollen, um nichts zu sehen, und verbargen ihr Angesicht wie der Vogel Strauß, wenn er dem Jäger nicht mehr entrinnen kann. Mama schlug mit stummen Schrecken die Hände zusammen, und ihre unphilosophische Geberdung ließ vermuthen, daß sie insgeheim die Palinodie ihrer zuversichtlichen Behauptungen gegen die Gespenster anstimmte. Johann, auf den der furchtbare Schwarzmantel ein besonderes Absehen gerichtet zu haben schien, erhob in der Angst seines Herzens das gewöhnliche Feldgeschrei, womit die Gespenster begrüßt zu werden pflegen: »Alle guten Geister –;« doch ehe er ausgeredet hatte, schleuderte ihm das Ungethüm den abgehauenen Kopf gegen die Stirn, daß er überzwerch von der Zinne des Polsters über dem Ringnagel herabstürzte; in dem nämlichen Augenblicke lag auch der Postkutscher durch einen kräftigen Keulenschlag zu Boden gestreckt, und das Phantom keuchte aus hohler Brust in dumpfem Ton diese Worte aus: »Nimm das von Rübezahl, dem Bannwart* des Gebirges, daß Du ihm in's Gehege fuhrst! Verfallen ist

* Grenzvogt.

mir Schiff, Geschirr und Ladung.« Hierauf schwang sich das Gespenst auf den Sattel, trieb die Pferde an und fuhr bergab, bergan, über Stock und Stein, daß vor dem Rasseln der Räder und dem Schnauben der Rosse von dem Angstgeschrei der Damen nichts hörbar war.

Urplötzlich vermehrte sich die Gesellschaft um eine Person; ein Reiter trabte ganz unbefangen neben dem Fuhrmann vorbei und schien es gar nicht zu bemerken, daß diesem der Kopf fehle; ritt vor dem Wagen her, als wenn er dazu gedungen wäre. Dem Schwarzmantel schien diese Gesellschaft eben nicht zu behagen, er lenkte nach einer andern Direktion um, der Reiter that dasselbe, und so oft auch jener aus dem Wege bog, so konnte er den lästigen Geleitsmann nicht los werden, der wie zum Wagen gebannt war. Das nahm den Fuhrmann groß Wunder, absonderlich da er deutlich wahrnahm, daß der Schimmel des Reisigen einen Fuß zu wenig hatte, obgleich die dreibeinige Rosinante übrigens ganz schulgerecht traversirte. Dabei wurde dem schwarzen Kondukteur auf dem Sattelgaule nicht wohl zu Muthe und er fürchtete, seine Rübezahlsrolle dürfte bald ausgespielt sein, da der wahre Rübezahl sich in's Spiel zu mischen schien.

Nach Verlauf einiger Zeit drehte sich der Reiter, daß er dicht neben dem Fuhrmann kam, und frug ihn ganz traulich: »Landsmann ohne Kopf, wo geht die Reise hin?« »Wo wird's hingehen,« antwortete das Kutschergespenst mit furchtsamem Trutz, »wie Ihr seht, der Nase nach.« »Wohl!« sprach der Reiter, »laß sehen, Gesell, wo Du die Nase hast!« Drauf fiel er den Pferden in die Zügel, packte den Schwarzmantel beim Leibe und warf ihn so kräftig zur Erde, daß ihm alle Glieder dröhnten: denn das Gespenst hatte Fleisch und Bein, wie sie ordentlicherweise zu haben pflegen. Behend war der Tavarro demaskirt; da kam ein wohlproportionirter Krauskopf zum Vorschein, der gestaltet war wie ein gewöhnlicher Mensch. Weil sich nun der Schalk entdeckt sah und die schwere Hand seines Gegners fürchtete, auch nicht zweifelte, der Reisige sei der leibhafte Rübezahl, den er nachzuäffen sich unterfangen hatte, ergab er sich auf Diskretion und bat flehentlich um sein Leben. »Gestrenger Gebirgsherr,« sprach er, »habt Erbarmen mit einem Unglücklichen, der die Fußtritte des Schicksals von Jugend auf erfahren hat, der nie sein durfte was er wollte, der jederzeit aus dem Charakter mit Gewalt herausgestoßen wurde, in den er sich mit Mühe hineinstudirt hatte, und nachdem seine Existenz unter den Menschen vernichtet ist, auch nicht einmal Gespenst sein darf.«

Diese Anrede war ein Wort geredet zu seiner Zeit. Der Gnome war gegen seinen Rival so ergrimmt als weiland König Philipp gegen den Pseudo-Sebastian, oder der Zaar Boris gegen den Mönch Griska, der den falschen Demetrius spielte, und würde, nach Maßgabe der oft belobten Hirschberger Justizpflege, augenblicklich mit sträcklicher Exekution gegen den Wicht verfahren sein und ihn erdrosselt haben, wenn nicht seine Neugierde wäre rege gemacht worden, die Schicksale des Abenteurers zu vernehmen. »Sitz' auf, Gesell,« sprach er, »und thue was Du geheißen wirst.« Drauf zog er vorerst dem Schimmel den vierten Fuß zwischen den Rippen hervor, trat an den Schlag, öffnete solchen und wollte die Reisegesellschaft freundlich salutiren.

Aber drinnen war's stille wie in einer Todtengruft; der übermäßige Schrecken hatte das weibliche Nervensystem so gewaltsam erschüttert, daß alle Lebensgeister aus den äußern Werkzeugen der Empfindung hinter das Schutzgatter der Herzkammern sich geflüchtet hatten; Alles was innerhalb des Wagens Leben und Odem hatte, von der gnädigen Frau bis auf die Zofe, lag in ohnmächtigem Hinbrüten. Der Reisige wußte indessen bald Rath zu schaffen; er schöpfte aus dem vorüberrieselnden Bächlein einer frischen Bergquelle seinen Hut voll Wasser, sprengte den erstorbenen Damen davon in's Gesichte, hielt ihnen das Riechglas vor, rieb ihnen von der flüchtigen Essenz in die Schläfe und brachte sie wieder in's Leben. Sie schlugen eine nach der andern die Augen auf und erblickten einen wohlgestalteten Mann von unverdächtigem Ansehen, der durch seine Dienstbeflissenheit sich bald Zutrauen erwarb. »Es thut mir leid, meine Damen,« redete er sie an, »daß Sie in meinem Gerichtsbezirk von einem verlarvten Bösewicht sind insultirt worden, der ohne Zweifel die Absicht hatte, Sie zu bestehlen; aber Sie sind in Sicherheit, ich bin der Oberst von Riesenthal. Erlauben Sie, daß ich Sie zu meiner Wohnung geleite, die nicht fern ist.« Diese Einladung kam der Gräfin sehr gelegen, sie nahm solche mit Freuden an; der Krauskopf bekam Befehl fortzufahren und gehorchte mit zagender Bereitwilligkeit. Um den Damen Zeit zu lassen, sich von ihrem Schrecken zu erholen, gesellte sich der Kavalier wieder zum Fuhrmann, hieß ihn bald rechts bald links wenden, und dieser bemerkte ganz eigentlich, daß der Ritter zuweilen eine von den herumschwirrenden Fledermäusen zu sich berief und ihr geheime Ordre ertheilte, was sein Grausen noch vermehrte.

In Zeit von einer Stunde blinkte in der Ferne ein Lichtlein, daraus wurden zwei und endlich vier; es kamen vier Jäger herangesprengt mit brennenden Windlichtern, die ihren Herrn, wie sie sagten, ängstlich gesucht hatten und erfreut schienen, ihn zu finden. Die Gräfin war nun wieder in vollem Gleichgewichte, und da sie sich außer Gefahr sah, dachte sie an den ehrlichen Johann und war um sein Schicksal bekümmert. Sie eröffnete ihrem Schutzpatron dieses Anliegen, der alsbald zwei von den Jägern fortschickte, die beiden Unglückskameraden aufzusuchen und ihnen benöthigten Beistand zu leisten. Bald darauf rollte der Wagen durch's düstere Burgthor in einen geraumen Vorhof hinein und hielt vor einem herrlichen Palast, der durchaus erleuchtet war. Der Kavalier bot der Gräfin den Arm und führte sie in die Prachtgemächer seines Hauses in eine große Gesellschaft ein, die daselbst versammelt war. Die Fräuleins befanden sich in keiner geringen Verlegenheit, daß sie in Reisekleidern in einen so illüstern Zirkel traten, ohne vorher ihre Toilette gemacht zu haben.

Nach den ersten Höflichkeitsbezeigungen gruppirte sich die Assemblee wieder in verschiedene kleine Zirkel, Einige setzten sich zum Spiel, Andere unterhielten sich durch Gespräche. Das Abenteuer wurde viel beredet und, wie es bei Erzählung überstandener Gefahren gewöhnlich der Fall ist, zu einer kleinen Epopöe ausgebildet, in welcher Mama sich gern die Rolle der Heldin zugetheilt hätte, wenn sich das Riechfläschchen des hilfreichen Ritters hätte wegraisoniren lassen. Bald darauf führte der aufmerksame Wirth einen Mann ein, der recht wie gerufen kam; es war ein Arzt, der nach dem Gesundheitszustande der Gräfin und ihrer schönen Töchter forschte, den Puls prüfte und mit bedeutender Miene mancherlei bedenkliche Symptome ahnete. Ob sich die Dame nach Beschaffenheit ihrer Umstände gleich so wohl befand als jemals, so machte ihr doch die angedrohte Gefahr für das Leben bange; denn aller Leibesbeschwerden ungeachtet, war ihr der gebrechliche Körper noch so lieb wie ein langgewohntes Kleid, das man nicht gern entbehrt, ob es gleich abgetragen ist. Auf Verordnung des Arztes verschluckte sie starke Dosen temperirender Pulver und Tropfen, und die gesunden Töchter mußten wider Willen und Dank dem Beispiel der besorgten Mutter gleichfalls folgen.

Allzunachgiebige Patienten machen strenge

Aerzte; der blutsüchtige Theophrast bestand nun sogar auf einem Aderlaß, zog in Ermangelung seines Handlangers, des Wundarztes, die rothe Binde hervor, und die Gräfin bequemte sich zu dem angerühmten Präservativ gegen alle schädlichen Wirkungen des Schreckens unweigerlich; sie würde nicht widersprochen haben, wenn seine Forderungen für die Gesundheitspflege bis zum Klystir gestiegen wären. Zum Glück kam er nicht auf den Einfall, dieses heroische Mittel zu verordnen, welches die schamhaften Fräuleins zur Verzweiflung würde gebracht haben; denn nur mit Mühe vermochte es die Ueberredungskunst des Arztes und die mütterliche Autorität über sie, daß sie die Furcht vor dem stählernen Zahn des Schneppers überwanden und den Fuß in's Wasser setzten. Die verschleimte Lymphe der Mutter und der purpurfarbene Balsam der Gesundheit aus den Adern der Töchter rieselte nun ohne Verzug in das silberne Becken. Zuletzt kam auch die Kammerjungfer noch an den Reihen; ob sie gleich hoch betheuerte, sie sei so blutscheu, daß die kleinste Verwundung von einer Nähnadel ihr Schwindel und Ohnmachten zu erregen pflege, so kehrte sich der unerbittliche Arzt doch an kein Protestiren, entstrumpfte den Fuß des niedlichen Mädchens ohne Barmherzigkeit und bediente sie so kunstmäßig und sorgfältig als ihre Herrschaft.

Diese chirurgische Operation war kaum vollendet, so begab man sich zur Tafel in den Speisesaal, wo ein königliches Mahl aufgetischt wurde. Die Schenktische waren bis an den Karnies des Deckengewölbes mit Silberwerk aufgeputzt; es prangten da goldene und übergüldete Pokale und giganteske Willkommen nebst den dazu gehörigen Kredenzschalen von getriebener Arbeit. Eine herrliche Symphonie tönte aus den Nebenzimmern und flötete den leckerhaften Schmaus und die feinen Weine den Gästen lieblich hinunter. Nach dem Abhub der Schüsseln ordnete der Speisemeister das bunte Dessert, das aus Bergen und Felsen von gefärbtem Zucker und Gummi-Tragant bestand. Der tändelhafte Zuckerbäckerwitz, der den Gaumen und das Auge immer leichter zu befriedigen weiß als den Verstand, hatte das ganze Abenteuer der Gräfin in kindischen Wachsfiguren, wie sie oft auf den Tafeln der Großen zu paradiren pflegen, darauf abgebildet. Die Gräfin unterließ nicht, das Alles in der Stille bei sich bewundernd zu beherzigen. Sie wendete sich an ihren bebänderten Stuhlnachbar, seiner Angabe nach einen böhmischen Grafen, frug neugierig, was für ein Galatag hier gefeiert werde, und erhielt zur Antwort, daß nichts Außerordentliches vorgehe, es sei nur eine freundschaftliche Collation guter Bekannten, die hier zufälligerweise zusammenträfen. Es nahm sie Wunder, von dem wohlhabenden gastfreien Obersten von Riesenthal weder in noch außerhalb Breslau nie ein Wort gehört zu haben, und so emsig sie auch die genealogischen Geschlechtstafeln durchlief, wovon ihr Gedächtniß einen reichen Vorrath aufbewahrte, konnte sie doch diesen Namen darunter nicht ausfindig machen. Sie gedachte das von dem Wirthe selbst zu erforschen, wovon sie Aufschluß und Belehrung begehrte; aber dieser wußte ihr so geschickt auszuweichen, daß sie nie mit ihm zum Zwecke kam. Geflissentlich riß er den genealogischen Faden ab und zog die Unterredung in die luftigen Regionen des Geisterreichs hinüber; und in einer Gesellschaft, die sich auf den Ton der Vademekumsgeschichtchen und Geisterseherei stimmt, wird's selten bald Feierabend, wenigstens gebricht's in diesen Fächern nie an Worthaltern und horchsamen Zuhörern.

Ein wohlgenährter Domherr wußte viel wundersame Geschichten von Rübezahl zu erzählen; man stritt für und wider die Wahrheit derselben; die Gräfin, die recht in ihrem Elemente war, wenn sie den Lehrton anstimmen und gegen Vorurtheile zu Felde ziehen konnte, setzte sich an die Spitze der philosophischen Partei und trieb einen gelähmten Finanzrath, an dem nichts Gelenkes war als die Zunge und der sich zu Rübezahl's rechtlichem Anwalt aufwarf, durch ihre Starkgeisterei sehr in die Enge. »Meine eigene Geschichte,« fügte sie zum Beschlusse noch hinzu, »ist ein augenscheinlicher Beweis, daß Alles, was man von dem berufenen Berggeiste sagt, leere Träume sind. Wenn er hier im Gebirge sein Wesen hätte und die edlen Eigenschaften besäße, die ihm Fabler und müßige Köpfe zueignen, so würde er einem Schurken nicht gestattet haben, solchen Unfug auf seine Rechnung mit uns zu treiben. Aber das armselige Unding von Geist konnte seine Ehre nicht retten und ohne den edelmüthigen Beistand des Herrn von Riesenthal hätte der freche Bube sein Spiel so weit mit uns treiben können, als er Lust hatte.« – Der Herr vom Hause hatte an diesen philosophischen Debatten bisher wenig Antheil genommen; jetzt aber mischte er sich mit in's Gespräch und nahm das Wort. »Sie haben die Geisterwelt völlig entvölkert, gnädige Frau, die ganze Schöpfung der Einbildungskraft ist durch Ihre Belehrung wie ein leichter Nebel vor unsern Augen dahin geschwunden. Sie haben auch das Nichtsein des alten Bewohners dieser Gegenden mit guten Gründen allgenugsam bewährt und sein rechtlicher Beistand, unser Finanzrath, ist verstummt. Dennoch dünkt mich, ließen sich gegen Ihren letzten Beweis noch einige Einwürfe machen. Wie, wenn der fabelhafte Gebirgsgeist bei Ihrer Befreiung aus der Hand des verlarvten Räubers dennoch mit im Spiel gewesen wäre? Wie, wenn dem Freund Nachbar beliebt hätte, meine Gestalt anzunehmen, um Sie unter dieser unverdächtigen Maske in Sicherheit zu bringen, und wenn ich Ihnen sagte, daß ich von dieser Gesellschaft, als Wirth vom Hause, mich nicht einen Fuß breit entfernt habe? daß Sie durch einen Unbekannten in meine Wohnung sind eingeführt worden, der nicht mehr vorhanden ist? Sonach wär's doch möglich, daß der Nachbar Berggeist seine Ehre gerettet hätte, und daraus würde folgen, daß er nicht ganz das Unding wäre, wofür Sie ihn halten.«

Diese Rede brachte die Gräfin einigermaßen aus der Fassung, und die schönen Fräuleins legten vor Erstaunen die Gabel aus der Hand und sahen dem Tischwirth starr in's Angesicht, um ihm aus den Augen zu lesen, ob das im Scherz gesagt oder geernstet sei. Die nähere Erörterung dieses Problems unterbrach die Ankunft des wieder aufgefundenen Bedienten und des Postkutschers. Der Letztere fühlte eben die Wonne bei Erblickung seiner vier Rappen im Stalle, die der Erstere empfand, als er frohlockend in's Tafelgemach eintrat und daselbst seine Herrschaft vergnügt und wohlbehalten antraf. Triumphirend trug er das *corpus delicti*, das ungeheure Riesenhaupt des Schwarzmantels, einher, durch welches er wie von einer Bombe zu Boden geschmettert worden war. Das Haupt wurde dem Arzte übergeben, um es als Landphysikus legal zu zerlegen und sein *visum repertum* darüber auszustellen. Doch ohne sein anatomisches Messer anzusetzen, erkannte er es alsbald für einen ausgehöhlten Kürbis, der mit Sand und Steinen angefüllt und durch den Zusatz einer hölzernen Nase und eines langen Flachsbartes zu einem grotesken Menschenantlitz aufgestutzt war.

Nach aufgehobener Tafel schied die Gesellschaft aus einander, da der Morgen bereits herandämmerte. Die Damen fanden ein köstlich zubereitetes Nachtlager in seidenen Prunkbetten, wo sie der Schlaf so geschwind überraschte, daß die Phantasie nicht Zeit hatte, ihnen die Schreckbilder der Gespenstergeschichte wieder vorzugaukeln und durch ihr gewöhnliches Schattenspiel ängstliche

Träume anzuspinnen. Es war hoch am Tage, als Mama erwachte, der Zofe klingelte und die Fräuleins weckte, die gern noch einen Versuch gemacht hätten, in den weichen Dunen auch auf dem andern Ohr zu schlafen. Allein die Gräfin verlangte so sehr, die Heilkräfte des Bades auf's Baldeste zu versuchen, daß sie durch keine Einladung des gastfreien Hauswirthes zu bewegen war, einen Tag zu verweilen, so gern auch die Fräuleins dem Balle beigewohnt hätten, den er ihnen zu geben verhieß. Sobald das Frühstück eingenommen war, schickten sich die Damen zur Abreise an. Gerührt durch die freundschaftliche Aufnahme, die sie in dem Schlosse des Herrn von Riesenthal genossen hatten, der auf die höflichste Art bis an die Grenzen seines Gebietes ihnen das Geleite gab, beurlaubten sie sich mit der Verheißung, auf der Rückreise wieder einzusprechen.

Kaum war der Gnome in seiner Burg angelangt, so wurde der Krauskopf in's Verhör geführt, der unter Furcht und Erwartung der Dinge, die da kommen würden, die Nacht in einem unterirdischen Keller zugebracht hatte. »Elender Erdenwurm,« redete ihn der Geist an, »was hält mich ab, daß ich Dich nicht zertrete für die in meinem Eigenthum mir zu Spott und Hohn verübte Gaukelei? Büßen sollst Du mir mit Haut und Haar für diese Frechheit.« »Großguter Regent des Riesengebirges,« fiel der Schlaukopf ihm ein, »so all-prätendirend Eure Gerechtsame über diesen Grund und Boden sein mögen, die ich Euch auch nicht streitig mache, so sagt mir erst, wo Eure Gesetze angeschlagen sind, die ich über-treten habe, und dann verurtheilt mich.« Diese Virtuosensprache und die dreiste Ausflucht, die der Gefangene seinem strengen Richter im Wege Rechtens entgegenstellte, ließen ein sonderbares Original und keinen gewöhn-lichen Menschen vermuthen. Darum mäßigte der Geist seinen Unwillen einigermaßen und sprach: »Meine Gesetze hat Dir die Natur in's Herz geschrieben; aber damit Du nicht sagen kannst, daß ich Dich unverhörter Sache ver-urtheilt habe, so rede und bekenne mir frei: wer bist Du und was trieb Dich, hier im Ge-birge als ein Gespenst zu tosen?«

Das war dem Verhafteten lieb zu hören, daß er zum Worte kommen sollte, hoffte durch die getreue Erzählung seiner Schicksale sich von der verwirkten Rache des Geistes loszu-schwatzen, oder die Strafe doch wenigstens zu mindern.

»Weiland,« fing er an, »hieß ich der arme Kunz und lebte in der Sechsstadt Lauban als ein ehrlicher Beutler meiner Profession kümmerlich von meiner Hände Arbeit; denn es giebt kein Gewerbe, das kärglicher nährt als die Ehrlichkeit. Obgleich meine Beutel guten Vertrieb fanden, weil die Rede ging, das Geld ruhe darinnen wohl, indem ich als der siebente Sohn meines Vaters eine glückliche Hand hätte, so widerlegte sich doch dieser Glaube durch mich selbst; mein eigener Beutel blieb immer leer und ledig wie ein gewissenhafter Magen am Fasttage. Daß aber bei meinen Kunden sich das Geld in den von mir erhandelten Beuteln so wohl konservirte, lag meinem Bedünken nach weder an der glücklichen Hand des Meisters, noch an der Güte der Arbeit, sondern an der Materie meiner Beutel: sie waren von Leder. Ihr sollt wissen, Herr, daß ein lederner Beutel das Geld allezeit fester hält als ein netzförmiger durchlöcherter von Seide. Wem an einem ledernen Beutel genügt, der ist nicht leicht ein Verschwender, sondern ein Mann, der, wie das Sprichwort sagt, den Knopf auf den Beutel hält; die durchsichtigen aber von Seide und Goldzwirn befinden sich in den Händen vornehmer Prasser, und da ist's kein Wunder, wenn sie an allen Orten ausrinnen wie ein durchlöchert Faß und, so viel man auch hineinschüttet, dennoch immer leer und ledig bleiben.

»Mein Vater prägte seinen sieben Buben fleißig die goldene Lehre ein: Kinder, was Ihr thut, das treibt mit Ernst; darum trieb ich mein Gewerbe unverdrossen, ohne daß mein Nahrungsstand dadurch gefördert wurde. Es kam Theurung, Krieg und bös Geld in's Land; meine Mitmeister dachten: Leicht Geld leichte Waare, ich aber dachte: Ehrlich währt am Längsten, gab gute Waare für schlecht Geld, arbeitete mich an den Bettelstab, ward in den Schuldthurm geworfen, aus der Innung gestoßen und, als mich meine Gläubiger nicht länger ernähren wollten, ehrlich des Landes verwiesen. Auf dieser Wanderschaft in's Elend begegnete mir einer meiner alten Kunden; er ritt auf einem stolzen Roß stattlich einher, rief mich an und höhnte mich: »Du Pfuscher, Du Lump, bist, sehe ich wohl, Deiner Kunst nicht Meister, verstehst sie gar schlecht, weißt den Darm aufzublasen und ihn nicht zu füllen, machst den Topf und kannst nicht drein kochen, hast Leder und keinen Leisten dazu, machst so herrliche Beutel und hast kein Geld.« »Höre, Gesell, antwortete ich dem Spötter, Du bist ein elender Schütz, triffst mit Deinen Pfeilen nicht an's Ziel. Es sind mehr Dinge in der Welt, die zusammengehören und die man nicht bei einander findet; hat Mancher einen Stall und kein Pferd hineinzuziehen, oder eine Scheuer und keine Garben auszudreschen, einen Brodschrank und kein Brod, oder einen Keller und keinen Haustrunk, und so sagt auch das Sprichwort: Einer hat den Beutel, der Andere das Geld«. »Besser ist doch Beides zusammen, versetzte er; bist Du gesonnen bei mir in die Lehre zu treten, so will ich einen vollkommenen Meister aus Dir machen, und weil Du das Beutelmachen so wohl verstehst, will ich Dich auch lehren, den Beutel zu füllen; denn ich bin ein Geldmacher meines Handwerks; da nun beide Professionen einander in die Hand arbeiten, ist's billig, daß die Kunstverwandten gemeine Sache machen.« »Wohl, sprach ich, seid Ihr ein zünftiger Meister in irgend einer Münzstadt, so mag's drum sein; aber münzt Ihr auf Eure eigene Rechnung, so ist's halsbrechende Arbeit, die mit dem Galgen lohnt, dann scheide ich davon.« »Wer nicht wagt, der nicht gewinnt, sprach er, und wer bei der Schüssel sitzt und nicht zulangt, der mag darben. Am Ende läuft's auf Ein's hinaus, ob Du erstickst oder verhungerst, einmal muß es doch gestorben sein.« »Nur mit Unterschied, fiel ich ihm ein, ob Einer als ein ehrlicher Mann stirbt oder als ein Uebelthäter.« »Vorurtheil, rief er, was kann das für eine Uebelthat sein, wenn Einer ein Stück Metall rundet? Der Jude

Ephraim hat dessen von dem nämlichen Schrot und Korn als das unsere genug gerundet; was dem Einen recht ist, das ist dem Andern billig.«

»Kurz, der Mann hatte eine Gabe zu überreden, daß ich mir seinen Vorschlag gefallen ließ. Ich fand mich bald in's Metier, war eingedenk der väterlichen Lehre, mein Geschäft mit Ernst zu treiben, und erfuhr, daß die Geldmacherkunst besser und gemächlicher nähre als die Beutlerprofession. Aber im besten Fortgange unserer Fabrik wachte der Handwerksneid auf; der Jude Ephraim erregte eine schwere Verfolgung gegen seine Aftergenossen; der Verräther schlief nicht, wir wurden entdeckt, und der kleine Umstand, daß wir nicht zünftig waren wie Meister Ephraim, brachte uns auf den Festungsbau, laut Urtheil und Recht auf Lebenszeit.

»Hier lebte ich einige Jahre nach der Regel der büßenden Brüder, bis ein guter Engel, der damals im Lande herumzog, alle Gefangenen los und ledig zu machen, die knochenfest und rüstig waren, mir die Thür des Gefängnisses aufthat. Es war ein Werbeoffizier, der mir, anstatt für den König zu karren, den edlern Beruf gab, für ihn zu fechten, und mich unter die Freipartie enrollirte. Mit diesem Tausch war ich wohl zufrieden; ich nahm mir nun vor, ganz Soldat zu sein, zeichnete mich bei jeder Gelegenheit aus, war immer der Erste beim Angriff, und wenn wir retirirten, war ich so gewandt, daß mich der Feind nie einholen konnte. Das Glück wollte mir wohl, schon führte ich eine Rotte Reiter an und hoffte bald höher zu steigen. Da ward ich einmal auf Fouragirung ausgeschickt und befolgte meine Ordre streng und pünktlich, daß ich nicht nur Speicher und Scheuern, sondern auch Kisten und Kasten in Häusern und Kirchen rein ausfouragirte. Zum Unglück war's in Freundes Land, das gab großen Lärm; gehässige Leute nannten die Expedition eine Plünderung, man machte mir als Marodeur den Proceß, ich wurde degradirt und durch eine Gasse von fünfhundert Mann eilends aus dem ehrsamen Stande herausgestäupt, in welchem ich gedachte, Fortüne zu machen.

»Jetzt wußte ich keinen andern Rath, als wieder zu meiner ersten Profession zu greifen; aber es fehlte mir an Baarschaft, Leder einzukaufen und an Lust zu arbeiten. Weil ich nun wegen des allzuwohlfeilen Verkaufs ein unstreitiges Recht auf meine ehemalige Waare zu haben vermeinte, so faßte ich den Anschlag, mich derselben mit guter Art wieder zu bemächtigen, und ob sie schon durch langen Gebrauch abgenutzt war, mich dennoch meines Schadens in Etwas dadurch zu erholen. Darum fing ich an, die Taschen zu sondiren, und hielt jeden Beutel, den ich witterte, für einen von meiner Arbeit, machte Jagd darauf, und alle, deren ich mich bemächtigen konnte, kondemnirte ich alsbald als gute Prisen. Bei dieser Gelegenheit hatte ich die Freude, einen guten Theil meiner eignen Münze wieder einzukassiren; denn ob sie gleich verrufen war, so kursirte sie doch nach wie vor in Handel und Wandel. Dies Gewerbe ging eine Zeit lang wohl von statten; ich besuchte unter mancherlei Gestalten, bald als Kavalier, bald als Handelsmann oder Jude Messen und Märkte, hatte mich so gut in mein Fach einstudirt, meine Hand war so geübt und behend, daß sie nie einen Fehlgriff that und mich reichlich nährte. Diese Lebensart behagte mir trefflich, daß ich beschloß, dabei zu verharren; doch der Eigensinn meines Geschicks gestattete mir nie, das zu sein, was ich wollte. Ich bezog den Jahrmarkt zu Liegnitz und hatte da den Beutel eines reichen Pächters auf's Korn genommen, der von Gold strotzte wie der Bauch seines Besitzers von Schmeer. Durch die Unbehilflichkeit des schweren Sekkels mißrieth der Kunstgriff meiner Hand; ich wurde auf der That ergriffen und unter der gehässigen Anklage als ein Beutelschneider vor Gericht gestellt, ob ich schon diesen Namen nicht in einer unehrlichen Bedeutung verdiente. Ich hatte zwar ehedem Beutel genug zugeschnitten; aber nie hatte ich einem Menschen den Geldbeutel abgeschnitten, wie man mich doch beschuldigte; sondern alle, die ich erbeutet hatte, waren mir gleichsam freiwillig in die Hände gelaufen, als wenn sie zu ihrem ersten Eigenthümer zurückkehren wollten. Diese Ausreden halfen zu nichts, ich wurde in den Stock gelegt, und mein Unstern wollte, daß ich abermals nach Urtheil und Recht aus meinem Nahrungsstande hinausgestäupt werden sollte. Diesem lästigen Ceremoniel kam ich zuvor, ersah meine Gelegenheit und strich mich in der Stille aus dem Gefängniß.

»Ich war unentschlossen, was ich nun anheben und treiben sollte, um nicht zu hungern; auch der Versuch, ein Bettler zu werden, mißrieth. Die Polizei in Großglogau nahm mich in Anspruch, wollte mich wider Willen und Dank verpflegen und mit Gewalt in einen Beruf hineinzwängen, der mir widerstand. Mit Mühe und Noth entkam ich dieser strengen Gerichtsbarkeit, die sich herausnimmt, die ganze Welt zu bevormunden, denn mein Grundsatz ist von jeher gewesen: Mit der Polizei unbeworren. Ich mied darum die Städte und trieb mich als ein peregrinirender Weltbürger auf dem Lande herum. Hier traf sich's, daß die Gräfin gerade durch den Flecken reiste, wo ich meinen Aufenthalt hatte; es war etwas an ihrem Wagen zerbrochen, das wieder ausgebessert werden mußte, und unter mehreren müßigen Leuten, welche die Neugierde trieb, nach der fremden Herrschaft zu gaffen, trat ich auch mit unter den Haufen und machte Bekanntschaft mit dem schäfernen Bedienten, der mir in der Einfalt seines Herzens anvertraute, daß ihm vor Euch, Herr Rübezahl, gewaltig bange sei, weil wegen des Verzugs die Reise nun in der Nacht durch's Gebirge gehen würde. Das brachte mich auf den Einfall, die Zaghaftigkeit der Reisegesellschaft zu nutzen und in der Geisterwelt meine Talente zu versuchen. Ich schlich mich seitab in die Wohnung meines Patrons und Pflegers, des Dorfküsters, der eben abwesend war, bemächtigte mich seiner Amtskleidung, eines schwarzen Mantels; zugleich fiel mir ein Kürbiß in's Gesicht, der zum Aufputz des Kleiderschrankes diente. Mit dieser Zurüstung und einem handfesten Bläuel versehen, begab ich mich in den Wald und staffirte da meine Maske aus. Welchen Gebrauch ich davon gemacht habe, ist Euch genugsam bekannt, und daß ich ohne Eure Dazwischenkunft meinen Meisterstreich glücklich ausgeführt hätte, ist außer Zweifel; mein Spiel war bereits gewonnen. Nachdem ich mich der beiden feigen Kerle entledigt hatte, war meine Absicht, den Wagen tief in den Wald hineinzuführen und, ohne den Damen das Geringste zu Leide zu thun, nur einen kleinen Trödelmarkt zu eröffnen und den schwarzen Mantel, der in Absicht seiner mir geleisteten Dienste von keinem geringen Werth war, gegen ihre Baarschaft und Geschmeide zu vertauschen, ihnen eine glückliche Reise anzuwünschen und mich bestens zu empfehlen.

»Aufrichtig gesprochen, Herr, von Euch fürchtete ich am Wenigsten, daß Ihr mir den Markt verderben würdet. Die Welt ist so ungläubig, daß man nicht einmal die Kinder mit Euch mehr fürchten machen kann, und wenn nicht etwa noch hier und da ein Tropf, wie der Bediente der Gräfin, oder ein Weib hinter dem Rocken Eurer zuweilen erwähnte, so hätte Euch die Welt längst vergessen. Ich dachte, wer Rübezahl sein wollte, der dürft' es, ich bin nun eines Andern belehrt und befinde mich in Eurer Gewalt, habe mich auf Gnade und Ungnade ergeben, und hoffe, daß meine offenherzige Erzählung Euren Unwillen mildern werde. Euch wär's ein Kleines, einen ehrlichen Kerl aus mir zu machen. Wenn Ihr mich mit einem guten Zehrpfennig aus Eurer Braupfanne begabt entließet, oder mir so wie jenem hungrigen Passagier ein Schock Heckschlehen von Eurem Zaune pflücktet, der sich auf Eurem Obst zwar einen Zahn ausbiß, aber die Schlehen hernach in eitel goldne Knöpfe verwandelt fand; oder wenn Ihr von den acht goldenen Kegeln, die Euch noch übrig sind, mir einen verehrtet, davon Ihr den neunten weiland einem Prager Studenten schenktet, der mit Euch boßelte; oder den Milchkrug, dessen geronnene Milch sich in Goldkäse verwandelte; oder wenn ich straffällig bin, mich so wie jenen wandernden Schuster schulmeisterhaft mit der goldnen Ruthe strichet, und mir solche hernach zum Andenken verehrtet, wie die Handwerker auf ihren Gelagen und Herbergen von Euch zu erzählen wissen, so wäre mein Glück mit einem Mal gemacht. Wahrlich Herr! wenn Ihr die Bedürfnisse der Menschen fühltet, so würdet Ihr ermessen, daß es schwer hält, ein Biedermann zu sein, wenn man an Allem Mangel leidet; denn wenn man zum Exempel Hunger fühlt und keinen Scherf im Beutel hat, so ist es eine Heldentugend, eine Semmel nicht zu stehlen von dem Brodvorrath, den ein reicher Bäcker-Crösus auf seinem Laden zur Schau ausgestellt hat. Das Sprüchwort sagt: Noth hat kein Gebot.«

»Geh', Schurke,« sprach der Gnome, nachdem der Krauskopf ausgeredet hatte, »so weit Dich Deine Füße tragen, und ersteige den Gipfel Deines Glücks am Galgen!« Hierauf verabschiedete er seinen Arrestanten mit einem kräftigen Fußtritte, und dieser war froh, daß er mit so gelinder Strafe abkam und pries seine Suada, die seiner Meinung nach ihn diesmal aus einer sehr kritischen Lage gezogen hatte. Er sputete sich fleißigst, dem gestrengen Gebirgsherrn aus den Augen zu kommen, und ließ aus Eilfertigkeit den schwarzen Mantel zurück. So sehr er aber eilte, so schien es doch nicht, als wenn er aus der Stelle käme, er sah immer die nämlichen Gegenden und Berge vor sich, ob er gleich die Burg, in welcher er ein Gefangener gewesen war, aus dem Gesichte verloren hatte. Abgemattet von diesem endlosen Kreislauf, streckte er sich unter einen Baum im Schatten, ein wenig auszuruhen und auf irgend einen Wanderer zu lauern, der ihm zum Wegweiser dienen könnte. Darüber fiel er in einen festen Schlaf, und als er erwachte, war um ihn her dicke Finsterniß; er wußte gar wohl, daß er unter einem Baume eingeschlafen war, gleichwohl hörte er kein Säuseln des Windes in den Aesten, sah auch keinen Stern durch das Laub schimmern, noch die geringste Nachthellung. Im ersten Schrecken wollte er aufspringen; da hielt ihn eine unbekannte Kraft zurück, und die Bewegung, die er machte, gab ein lautes wiederhallendes Geräusch wie das Geklirr von Ketten; nun wurde er gewahr, daß er in Fesseln lag, und vermeinte viel hundert Lachter unter der Erde wieder in Rübezahl's Gewahrsam zu sein, worüber ihn große Furcht und Entsetzen ankam.

Nach einigen Stunden begann es um ihn her zu tagen, doch fiel das Licht nur kärglich durch das eiserne Gitter eines kleinen Fensters zwischen den Mauern herein. Ohne zu wissen, wo er sich eigentlich befand, kam ihm der Kerker doch nicht ganz fremd vor; er hoffte auf den Gefangenwärter, wiewohl vergebens. Es verlief eine lange Stunde nach der andern, Hunger und Durst peinigten den Verhafteten, er fing an Lärm zu machen, rasselte mit den Ketten, pochte an die Wand, rief ängstlich um Hilfe und vernahm Menschenstimmen in der Nähe; aber Niemand wollte die Thür des Gefängnisses aufthun. Endlich waffnete sich der Kerkermeister mit einem Gespenstersegen, öffnete die Thür, schlug ein großes Kreuz vor sich und fing an, den Teufel zu exorcisiren, der seiner Einbildung nach in dem Kerker tobte. Doch da er die Spukerei näher betrachtete, erkannte er seinen entwichenen Gefangenen, den Beutelschneider, und Kunz den Kerkermeister in Liegnitz. Jetzt wurde er inne, daß ihn Rübezahl wieder *ad locum unde* zurückspedirt hatte. »Sieh' da, Krauskopf!« redete ihn der Gerichtsfrohn an, »bist Du wieder in Deinen Käfig gehüpft? Woher des Landes?« »Immer da zum Thor herein,« antwortete Kunz, »bin des Herumlaufens müde, habe mich, wie Ihr seht, in Ruhe gesetzt und mein altes Quartier wieder aufgesucht, so Ihr mich beherbergen wollt.« Obgleich Niemand begreifen konnte, wie der Gefangene wieder in den Thurm gekommen sei und wer ihm die Fesseln angelegt habe, so behauptete Kunz, der sein Abenteuer nicht wollte kund werden lassen, dennoch dreist, er habe sich freiwillig wieder eingefunden, ihm sei die Gabe verliehen, nach Gefallen durch verschlossene Thüren aus- und einzugehen, die Fesseln anzulegen und sich derselben, wenn er wolle, wieder zu entledigen; denn ihm sei kein Schloß zu fest. Durch diesen scheinbaren Gehorsam bewogen, verschonten ihn die Richter mit der verwirkten Strafe und legten ihm nur auf, so lange für den König zu karren, bis er sich nach Gefallen der Fesseln entledigen würde. Man hat aber nicht vernommen, daß er von dieser Verwilligung jemals Gebrauch gemacht hätte.

Die Gräfin Cäcilie war indessen mit ihrer Begleitung glücklich und wohlbehalten in Carlsbad angelangt. Das Erste, was sie that, war, den Badearzt zu sich zu berufen und ihn wie gewöhnlich über ihren Gesundheitszustand und die Einrichtung der Kur zu konsultiren. Trat herein der weiland hochberühmte Arzt Doktor Springsfeld aus Merseburg, der die güldene Quelle des Carlsbades nicht mit dem paradiesischen Fluß Pison würde vertauscht haben. »Seien Sie uns willkommen, lieber Doktor,« riefen Mama und die holden Fräuleins ihm traulich und freundlich entgegen. »Sie sind uns zuvorgekommen,« fügte Erstere hinzu, »wir vermutheten Sie noch bei dem Herrn von Riesenthal; aber loser Mann, warum haben Sie uns dort verschwiegen, daß Sie der Badearzt sind?« »Ach, Herr Doktor,« fiel Fräulein Hedwig ein, »Sie haben mir die Ader durchgeschlagen, der Fuß schmerzt mich, ich werde hier nur hinken und nicht walzen können.« Der Arzt stutzte, sann lange hin und her und erinnerte sich nicht, die Damen irgendwo gesehen zu haben. »Ihro Gnaden verwechseln ohne Zweifel mich mit einem Andern,« sprach er, »ich habe vordem nicht die Ehre gehabt, Ihnen persönlich bekannt zu sein; der Herr von Riesenthal gehört auch nicht zu meiner Bekanntschaft, und während der Kurzeit pflege ich mich nie von hier zu entfernen.« Die Gräfin konnte keinen andern Grund von diesem strengen Inkognito, das der Arzt so ernsthaft behauptete, sich geben, als daß er ganz gegen die Denkungsart seiner Kollegen für seine geleisteten Dienste nicht wollte belohnt sein. Sie erwiederte lächelnd: »Ich verstehe Sie, lieber Doktor; Ihre Delicatesse geht aber zu weit; sie soll mich nicht abhalten, mich für Ihre Schuldnerin zu bekennen und für Ihren guten Beistand dankbar zu sein.« Sie nöthigte ihm darauf eine goldne Dose mit Gewalt auf, die der Arzt jedoch nur als Vorausbezahlung annahm, und um die Dame als eine gute Kunde nicht unwillig zu machen, ihr nicht weiter widersprach. Er erklärte sich übrigens das Räthsel ganz leicht durch die medicinische Hypothese, daß die ganze gräfliche Familie von einer Art Kriebelkrankheit befallen sei, wobei seltsame und unbegreifliche Wirkungen der Imagination nichts Ungewöhnliches sind, und verordnete viel gelinde Abführungen.

Doktor Springsfeld war keiner der unbehilflichen Aerzte, die außer der Gabe, ihre Pillen und Latwergen anzupreisen, keine andere besitzen, sich ihren Patienten lieb und angenehm zu machen; er wußte seine Kunden mit artigen Geschichtchen, Stadtneuigkeiten und kleinen Anekdoten wohl zu unterhalten und ihre Lebensgeister dadurch aufzumuntern. Da er vom Besuch der Gräfin seine medicinische Ronde ging, gab er die sonderbare Entrevue mit der neuen Kundschaft in jedem Besuchzimmer zum Besten, ließ bei der oftmaligen Wiederholung die Sache unvermerkt wachsen und kündigte die Dame bald als eine Kranke, bald als Schweberin oder Seherin an. Man war begierig, eine so außerordentliche Bekanntschaft zu machen, und die Gräfin Cäcilie wurde in Carlsbad das Märchen des Tages. Alles drängte sich in der Assemblee zu ihr, da sie mit ihren schönen Töchtern zum ersten Mal erschien. Es war ihr und den Fräuleins ein höchst überraschender Anblick, die ganze Gesellschaft hier anzutreffen, in welche sie vor einigen Tagen in dem Schlosse des Herrn von Riesenthal waren eingeführt worden. Der bebänderte Graf, der wohlbebauchte Domherr, der gelähmte Finanzrath fielen ihnen gleich zuerst in die Augen. Sie waren des steifen Ceremoniels überhoben, gegen Unbekannte sich zu beknixen; es war für sie kein fremdes Gesicht im Saale. Mit freimüthiger Unbefangenheit wendete sich die gesprächige Dame bald zu Dem, bald zu Jenem von der

Gesellschaft, nannte Jeden bei seinem Namen und Charakter, sprach viel vom Herrn von Riesenthal, bezog sich auf die bei diesem gastfreien Manne mit ihnen allerseits gepflogenen Unterredungen und wußte sich nicht zu erklären, wohin das fremde und kalte Betragen aller der Herren und Damen deuten sollte, die vor Kurzem so viel Freundschaft und Vertraulichkeit gegen sie geäußert hatten. Natürlich gerieth sie auf den Wahn, das sei eine abgeredete Sache, und der Herr von Riesenthal würde der Schäkerei dadurch eine Ende machen, daß er unvermuthet selbst zum Vorschein käme. Sie wollte ihm gleichwohl nicht den Triumph gönnen, über ihren Scharfsinn gesiegt zu haben, und gab dem bekrückten Finanzrath scherzweise den Auftrag, seine vier Füße in Bewegung zu setzen und den Obersten aus dem verborgenen Hinterhalt hervor zu rufen und zu introduciren.

Alle diese Reden bewiesen nach der Meinung der Badegesellschaft so sehr eine überspannte Phantasie, daß sie sammt und sonders die Gräfin bemitleideten, die nach dem Urtheil aller Anwesenden eine sehr vernünftige Frau schien und in ihren Reden und dem Gange der Gedanken nichts Ausschweifendes verrieth, wenn ihre Phantasie nicht den Weg über das Riesengebirge nahm. Die Gräfin ihrerseits errieth aus den bedeutsamen Gesichtszügen, Winken und Blicken der um sie herum versammelten Aristarchen, daß man sie schief beurtheile und daß man wähne, ihre Krankheit habe sich aus den Gliedern in's Hirn versetzt. Sie glaubte, die beste Wiederlegung dieses kränkenden Vorurtheils sei die aufrichtige Erzählung ihres Abenteuers auf der schlesischen Grenze. Man hörte sie mit der Aufmerksamkeit, mit der man ein Märchen anhört, das auf einige Augenblicke angenehm unterhält, davon man aber kein Wort glaubt. Sie hatte das Schicksal der Seherin Kassandra, welcher Apoll die Gabe der Wahrsagung verliehen, aber den Aussprüchen seiner spröden Priesterin aus Verdruß über ihre wenige Gefälligkeit die Glaubwürdigkeit entzogen hatte. »Wunderbar!« riefen alle Zuhörer aus einem Munde und sahen bedeutsam den Doktor Springsfeld an, der verstohlen die Achsel zuckte und sich gelobte, die Patientin nicht eher seiner Pflege zu entlassen, bis das mineralische Wasser das abenteuerliche Riesengebirge aus ihrer Phantasie rein würde weggespült haben. Das Bad leistete indessen Alles, was der Arzt und die Kranke davon erwartet hatten. Da die Gräfin sah, daß ihre Geschichte bei dem Carlsbader Israel wenig Glauben fand und sogar ihren gesunden Men-

schenverstand verdächtig machte, redete sie
nicht mehr davon, und Doktor Springsfeld
unterließ nicht, dieses Schweigen den Heil-
kräften des Bades zuzuschreiben, das doch
auf eine ganz andere Art gewirkt und die Gräfin aller Gichter und Gliederschmerzen entledigt hatte.

Nachdem die Badekur beendigt war, die
schönen Fräuleins sich genug hatten begaffen
und bewundern lassen, den lieblichen Weih-
rauch der Schmeichelei von den süßen Herren
reichlich eingeathmet und sich satt und müde
gewalzt hatten, kehrten Mutter und Töchter
nach Breslau zurück. Sie nahmen mit gutem
Vorbedacht den Weg wieder durch's Riesengebirge, um dem gastfreien Obersten Wort zu
halten, bei der Rückreise bei ihm vorzuspre-
chen; denn von ihm hoffte die Gräfin Auf-
lösung des ihr unbegreiflichen Räthsels, wie
sie zur Bekanntschaft der Badegesellschaft
gelangt sei, die sich so wildfremd gegen sie
geberdete, und wodurch das seltsame Alibi
wäre veranlaßt worden, das sich nicht bunter
träumen ließ. Aber Niemand wußte den Weg
nach dem Schlosse des Herrn von Riesenthal
nachzuweisen, noch war der Besitzer zu er-
fragen, dessen Name sogar weder diesseit noch
jenseit des Gebirges bekannt war. Dadurch
wurde die verwunderte Dame endlich über-

zeugt, daß der Unbekannte, der sie in Schutz genommen und beherbergt hatte, kein Anderer gewesen sei als Rübezahl, der Berggeist. Sie gestand, daß er das Gastrecht auf eine edelmüthige Art an ihr ausgeübt hätte, verzieh ihm seine Neckerei mit der Badegesellschaft und glaubte nun von ganzem Herzen an die Existenz der Geister, ob sie gleich um der Spötter willen Bedenken trug, ihren Glauben vor der Welt offenbar werden zu lassen.

Seit der Vision der Gräfin Cäcilie hat Rübezahl nichts mehr von sich hören lassen. Er kehrte in seine unterirdischen Staaten zurück, und da bald nach dieser Begebenheit der große Erdbrand ausbrach, der Lissabon und nachher Guatemala zerstörte, seitdem immer weiter fortgewüthet und sich neuerlich bis an die Grundfeste des deutschen Vaterlandes verbreitet hat, so fanden die Erdgeister so viele Arbeit in der Tiefe, den Fortgang der Feuerströme zu hemmen, daß sich seitdem keiner mehr auf der Oberfläche der Erde hat blicken lassen. Denn daß die Weissagung des Buchs Chevila nicht in Erfüllung gegangen, und der berüchtigte Seher zu Zellerfeld ein Lügenprophet geworden ist, daß die Länder am Rhein und Neckarstrom auf ihrer alten Erdscholle noch so grund- und bodenfest stehen als der Brocken und das Riesengebirge, und daß die

Herren von Hirschberg noch keine Flotte in See stechen lassen und an dem amerikanischen Seekrieg Antheil genommen haben: das ist das Werk der wachsamen Gnomen und ihrer unermüdeten Arbeit.

ANHANG

GLOSSAR

abnegociiren abfeilschen
Abschnitte in die Hölle werfen Stoffe veruntreuen
ad locem unde dahin, woher er gekommen
Aglaster Elster
allpraetendirend alles beanspruchend
Aristarch von Samothrake , 215–143 v. Chr., Haupt der
  Bibliothek von Alexandria, Skeptiker und Kritiker
assecurieren versichern
Assemblee Versammlung
Ausreuther Landreiter

Benedicte Segnungsgebet
Blenheimer Schlacht 1704 Sieg der Engländer bei
  Höchstädt und Blenheim an der Donau im Spanischen Erbfolgekrieg
Bleuel dicker Knüppel
boseln kegeln
brevi manu kurzerhand

chimärisch nebelhaft, nicht erkennbar
Chronique scandaleuse Skandalgeschichte
condemniren verdammen
Condominium Mitbesitz
Cordialwasser herzstärkendes Getränk
corpus delicti Beweisstück
Credo katholisches Glaubensbekenntnis
Criminaljurisdiction Gerichtsbarkeit

Darrsucht Auszehrung

Debitor Schuldner

deductis deducendis nach Abzug der Kosten für die Justiz

Denunciation Anklage

Direction Richtung

Discretion ergeben, sich auf – sich auf Gnade hoffend ergeben

dumpf beengend

Ehrichstraße altdeutsch für Milchstraße

eignen Anzeichen für ein Ereignis

Engelgroschen Schreckenberger Silbermünze mit Engelkopfprägung

Entrevue Treffen

Ephraïm, Isaac und Itzig waren die Münzpächter Friedrichs d. Gr. in der Zeit des Siebenjährigen Krieges, als der Wert der Münzen gering gehalten wurde. Eine antisemitische Legende

Epopöe Heldengedicht

ex officio offiziell, von Amts wegen

Freipartie enrolliren, unter die – Soldaten für die Freischar anwerben, d. h. zu besonders gefährlichen Aufgaben hinter den Linien pressen

Fortüne Glück

Fouragirung Nahrungsmittelbeschaffung

Garten der Hesperiden nach der griechischen Mytholgie ein Garten im Westen mit goldenen Äpfeln

Gauch Narr

Gaudieb geschickter Dieb

Gottestischrock Abendmahl-Anzug
goutiren mögen, schätzen
Gratias Dankgebet
Gummi-Tragant Bindemittel in Konditoreien

Hämmerling, Meister der Scharfrichter
Hans Hubrigs Biograph »Leiden und Freuden Hans
    Hubrigs, eines 112jährigen Greises« von Christian
    Löber, Dresden 1783
Hasael König von Syrien
Hechtleber der Pönitenz Tobias trieb mit einer Hecht-
    leber den bösen Geist aus der Kammer seiner Frau,
    AT, Tobias 6,7
Hennings Weisheit Johann Christian Hennings:
    »Visionen von Geistern und Geistersehern«, 1780
Hirschfelds Gartenkunst Christian Cajus Laurenz
    Hirschfeld, 1742–1782, Gartenarchitekt, schrieb
    eine »Theorie der Gartenkunst« in 5 Bänden
heterogene Liebesintrige Liebe zwischen ungleichen
    Partnern
hochgespanst hochaufgeschichtet
Höllbank Bank hinterm Kachelofen

illüstren glanzvollen
imbibiren einsaugen
infallibel unfehlbar
Indigestion Magenverstimmung
Inkulpat Beschuldigter
inokkuliren impfen
Inquisit Angeklagter
Insult Beleidigung, Beschimpfung
Invectiven Schmähreden, Schmähschriften

Japhet Noahs Sohn, Stammvater der Völker des Nordens und Westens

Kärsten Bodenhacken mit 2 oder 3 Zinken
Kästner, Abraham Gotthelf, 1719–1800, Universalgelehrter und Dichter
Karfunkel roter Edelstein
Karnies Gesims
Koalition Vereinigung
Konfidente Vertraute
Kribbelkrankheit Vergiftungserscheinung nach dem Verzehr unreinen Getreides
Kurandin Schützling

Lachter deutsches Berg- & Grubenmaß,
    1 L. = ca. 2 Meter
Latwergen Arznei aus Nadelgewächsen
Lohkasten Mistbeet

Maleficant Übeltäter, Verbrecher
Malstrom Meeresstrudel
metamorphisiren verwandeln
Midas phrygischer König, verwandelte alles, was er berührte, zu Gold
Misanthrop Menschenfeind
mosaisch mosaikartig
Murner Kater

Najaden Nixen
neoterisch neuartig
Newton, Isaac, 1642–1722, Mathematiker und Physiker unter der Präsidentschaft Samuel Pepys' in der Royal Society

Non-ens Nichts

Olims Zeiten uralte Zeit

Palinodie Widerruf
Panacee Wunderheilmittel
Parochus Pfarrer
parentiren betrauern
Partagetraktat Teilungsvertrag
philogyn frauenfreundlich
Pönitentiarius Bußpredigt
postisch nachgemacht
Präliminarien Vorbereitungen, Vorläufiges
provociren, auf seine Kosten – sich auf seine Unschuld
   berufen

Quintlein ca. 4 Gramm

peregriniren umherschweifen
Pison einer der 4 Flüsse des Paradieses, voller Gold
Praeservativ Vorbeugungsmittel

Radamanth der weise & gerechte Sohn der Europa
   und des Zeus
Raphael & Tobias nach dem Alten Testament treibt
   Tobias Schulden für seinen Vater ein, der Erzengel
   Raphael begleitet ihn
retiriren zurückziehen, flüchten
Rosaurens Murner nach der Heldengedichtparodie
   »Murner (Kater) in der Hölle« von Friedrich Wil-
   helm Zachariä, 1726–1777
Rose, herrliche der rosenförmige Glutkern an der
   Dochtspitze verheißt Glück & Geld

salutiren begrüßen

Scherf halber Pfennig

Schiff, Geschirr landwirtschaftliche Geräte

schmorgen geizen, knausern

Schreckenberger sächsische Silbermünze aus der Mine
    des Schreckenbergs

Sechsstadt Lauban Die Städte Bautzen, Zittau, Gör-
    litz, Kamenz, Löbau & Lauband hatten sich 1364
    zu einem Sechsstädtebund zusammengeschlossen

Sollicitanten Bittsteller

Starost polnischer Edelmann

Strategem strategische List

Suada Redestrom

Tavarro Mantel

Theoprast Theophrastus Bombastus von Hohenheim,
    genannt »Paracelsus« aus Egg bei Einsiedeln, 1493–
    1541, Arzt, Naturforscher & Gelehrter

Töchter Teuts deutsche Frauen

Tragant s.a. *Gummi-Tragant* Bindemittel bei Fein-
    bäckern

traversiren Gangart der Reitkunst

um sein weiter sein

unbeworren unberührt

Vademecumgeschichten Geschichten aus Taschenbü-
    chern

verziehen, sich seines Lebens – sein Leben aufgeben

Visum repertum Bericht einer ärztlichen Untersu-
    chung

Wat Gewand, Kleid

Watsack Mantelsack
wegraisonniren wegreden
Wildemannsthaler Braunschweiger Münze mit der
    Prägung des Wilden Mannes vom Harz
Willkommen Trinkgefäß für einen Begrüßungstrunk

Ysop Lippenblütler, maritime Pflanze

Zellerfeld, Der Seher von – Superintendent Ziehen in
    Zellerfeld in den »Nachrichten von dem bevor-
    stehenden Erdbeben«, 1780
Zwerchsack Quersack

BIOGRAPHISCHE NACHRICHTEN
ÜBER
JOHANN KARL AUGUST MUSÄUS

Zur Ausgabe
»Volksmärchen den Deutschen«
bei Gustav Hempel zu Berlin o. J.

Wem klänge nicht der Name Musäus, des allbe-
liebten Freundes von Jung und Alt, des heiterlau-
nigen Märchendichters, vertraut ins Ohr! Wenn
man ihn nennt, so steigt der Phantasie sofort die
ganze Reihe volksthümlicher Gestalten auf, die er
mit seinem Geiste sinnig und humoristisch belebte,
und die sein Andenken seit nahe an hundert Jahren
von einem Geschlecht zum andern einer dank-
baren Nachwelt überliefern. Seine Legenden vom
Rübezahl, Roland's Knappen, Libussa, der geraubte
Schleier, die Nymphe des Brunnens, Richilde, die
Chronika der drei Schwestern u.s.w. haben ihm
ebenso in den Herzen der Leser wie in dem Ehren-
tempel der Literaturgeschichte ein bleibendes
Denkmal gesichert. Sind es auch gerade nicht
Schicksale außergewöhnlicher Art, welche den
Lebensgang des einfachen Schulmannes und Gelehrten, wie es der Dichter Musäus war, roman-
tisch ausschmücken, so wird man nichtsdesto-
weniger doch gern, und gewiß nicht ohne warme
Theilnahme, den Blick in das thätige Stillleben
eines Mannes werfen, dessen frischer und liebens-
würdiger Geist uns überall behaglich darin anmu-
thet, und der, wie Wenige, mit immer gleicher,
wohlthuender Natürlichkeit in Allem sich selbst
giebt.

Johann Karl August Musäus, der Sohn eines Landrichters in Jena, wurde am 29. März 1735 daselbst geboren. Nicht lange nach seiner Geburt wurde der Vater als Amtmann und Rath nach Eisenach versetzt. Dort gewann der muntere Knabe durch sein offenes Gemüth und seinen geweckten Verstand das Herz seines Vetters, des Superintendenten Weißenborn in Allstedt. Weißenborn nahm den Knaben in sein Haus und behielt ihn auch bei sich, als er nach Eisenach versetzt wurde. Damals war der kleine Musäus 9 Jahre alt; bis zu seinem 19. Jahre wurde er in dem Hause seines großherzigen Verwandten wie das eigene Kind gehalten. Der alte würdige Mann ließ seinem Pflegesohne eine ausgezeichnete Erziehung geben. Nach Vollendung des Gymnasial-Kursus in Eisenach bezog der neunzehnjährige Jüngling die Universität Jena, um dort Theologie zu studiren. In der lieblichen Musenstadt an der Saale herrschte damals, wie noch heute, ein fröhliches Studentenleben, das seinen Einfluß auf den jungen Musäus um so weniger verfehlte, je einfacher die Verhältnisse gewesen, unter denen er aufgewachsen war. Ohne seine theologischen Studien zu vernachlässigen, gab er sich auch gern den unschuldigen Zerstreuungen mit seinen Commilitonen hin, bei denen er als witziger und fröhlicher Gesellschafter bald ungemein beliebt wurde. Sein stets bereiter Humor offenbarte sich schon damals in lustigen Schwänken und fröhlichen Studentenliedern. Von den ersteren theilt einer seiner Zöglinge, August von Kotzebue, aus jener Zeit ein Gedicht in Knittelversen mit, das eine Bauernhochzeit launig und unterhaltend beschreibt.

In seinen Mußestunden gab sich Musäus aber nicht blos den muthwilligen Tändeleien des akademischen Lebens hin, sondern beschäftigte sich damals schon mit literarischen Studien, welche unter dem Einflusse der reformatorischen Bestrebungen Gottsched's, Bodmer's u. A. bereits eine große Verbreitung gewonnen hatten. In Jena hatten dieselben zur Gründung einer »deutschen Gesellschaft« geführt, welche sich vornehmlich die Vervollkommnung der deutschen Sprache angelegen sein ließ. Musäus wurde eines der eifrigsten Mitglieder der Gesellschaft und erlangte hier die Gewandtheit des sprachlichen Ausdrucks, die vertraute Bekanntschaft mit allen neuen literarischen Erscheinungen, welche ihm in seiner späteren schriftstellerischen Thätigkeit von größtem Nutzen sein sollten. Der fröhliche, den schönen Wissenschaften ergebene Musensohn hatte indeß auch sein Fachstudium in keiner Weise vernachlässigt, und nachdem er viertehalb Jahr studirt hatte, verließ er, wohlvorbereitet und im Besitz der akademischen Würde eines Magisters, Jena, um sich nach Eisenach zu seinen Aeltern zu begeben, wo er ein Jahr als Candidat des Predigtamtes lebte. Er hatte bereits häufig mit großem Beifall gepredigt und stand in allgemeinem Ansehen. In Farnroda, einem Dorf in der Nähe von Eisenach, sollte er die Pfarrstelle erhalten; aber die Bauern weigerten sich, ihn anzunehmen, weil der junge Predigtamtskandidat, der ein unschuldiges Vergnügen für keine Sünde hielt, in ihrer Gegenwart einmal getanzt hatte. Dieser Umstand verleidete Musäus die theologische Laufbahn, obgleich die unveränderte Gunst seiner Vorgesetzten ihm wahrscheinlich einen Ersatz für die verloren gegangene Stelle verschafft hätte. Musäus nahm seine literarischen Studien wieder auf und wandte sich namentlich der Philologie und pädagogischen Bestrebungen zu. In jener Zeit hatte bereits Lessing seine gewaltigen Keulenschläge gegen den Schlendrian, gegen die Unnatur, gegen die Nachäfferei des Franzosenthums in der deutschen Literatur geführt; der jugendliche Goethe begann bereits die allgemeine Bewunderung zu erregen, und ein frisches, lebendiges, geniales Regen deutschen Geistes machte sich auf allen literarischen Gebieten geltend. Von der Schweiz aus brachen sich rationellere, die alten pedantischen Formen durchbrechende Methoden der Erziehung Bahn. Auch Musäus zeigte sich diesen Einflüssen gern empfänglich, ohne sich indeß dem wechselnden Modegeschmack zu beugen. Er verstand es vortrefflich, das reine Gold von den umgebenden Schlacken zu scheiden; sein vorurtheilsfreier Geist, von kritischem Scharfsinn begleitet, setzte ihn in den Stand, das wirklich Gute in allen literarischen Erscheinungen des Tages, welche das Entzücken der Menge hervorriefen, zu unterscheiden von dem nur allzu häufigen Ballast des Unnatürlichen, Geschraubten. Sein erster literarischer Versuch, mit dem er in dieser Zeit hervortrat, liefert den Beweis für die Vorurtheilsfreiheit und Unbefangenheit, welche Musäus dem gerade herrschenden Geschmack gegenüber behauptete. Die Romane des Engländers Richardson erfreuten sich damals einer großen Beliebtheit, und namentlich sein Grandison war das Entzücken aller schwärmerischen jungen Mädchen, aller liebeglühenden Jünglinge, deren Köpfe er nicht weniger verdrehte, als dies nicht lange darauf durch Goethe's Werther geschehen sollte. Musäus lieferte nun in seinem Erstlingswerke eine Travestie des englischen Romans, in welchem er das überhandnehmende Unwesen der Nachäfferei romanhafter Charaktere und der affektirten Empfindsamkeit mit scharfer Satire geißelte. Unter dem Titel: »Grandison der Zweite oder Geschichte des Herrn von N***, in Briefen entworfen,« – erschien, zunächst anonym, die aus drei Theilen bestehende erste Auflage dieses Werkes in den Jahren 1760–62 in Eisenach. In dem Romane wird die Geschichte einer adligen Familie erzählt; der Held desselben ist ein von romanhaften Ideen erfüllter Don Quixote, welcher den Grandison zum Muster der Nachahmung sich erwählt, und den ein nach England gereister Sprößling der Familie durch Briefe von dort aus in seinen Thorheiten bestärkt. Ohne die eigenthümlichen Schönheiten des englischen Dichters in Stil und Charakterzeichnung zu verkennen, wagte Musäus doch auch die Schwächen desselben, gegenüber dem blinden Enthusiasmus, mindestens anzudeuten. Vor Allem aber sollte sein Spott die deutschen Thoren geißeln, welche die Richardson'schen Originale im Leben copiren wollten, die vielen aus der Lektüre Richardson's hervorgegangenen vaterländischen Klarissen und Grandisons, die jungen zärtlichen Magister, welche sich einbildeten, weil sie eine Viertelstunde lang erhaben fühlten, auch alle Pflichten eines Hausvaters mit Würde erfüllen zu können, die in jedem Mädchen, das sich bei irgendwelcher Gelegenheit uneigennützig darstellte, sofort ein Ideal von Edelmuth erblickten. Eine solche in Fleisch und Blut übergegangene Modenarrheit lächerlich zu machen, das war die Absicht des deutschen Dichters, und er erreichte sie auch vollständig, wie das Aufsehen, welches der deutsche Grandison erregte, und der Beifall, der ihm zu Theil wurde, bezeugen. Im Jahre 1781 mußte sich Musäus auf Bitten seines Verlegers entschließen, das Werk gänzlich umzuarbeiten, und es erschien eine zweite Auflage in zwei Theilen. Der auch jetzt nicht genannte Name des Verfassers entzog sich der Öffentlichkeit geraume Zeit um so leichter, als Musäus in seiner schriftstellerischen Thätigkeit eine längere Pause machte. Der strebsame junge Mann, bei Herausgabe des Grandison erst 25 Jahre alt, wandte sich dem neu erwählten Lebensberufe mit solchem Eifer zu, daß er dem Dienste der Musen fast gänzlich Valet sagte. Der Text einer komischen Oper in drei Aufzügen stammt noch aus jener Zeit. »Das Gärtnermädchen«, dessen Sujet Musäus dem französischen Romane »*La jardinière de Vincennes*« entnommen hatte, war ursprünglich nicht zum Druck bestimmt und wurde von der Koch'schen Gesellschaft in Leipzig nach dem Manuskript aufgeführt. Ein Schauspieler ließ dasselbe ohne Wissen und Willen des Verfassers in sehr verstümmelter Gestalt in Berlin drukken, und dieser Umstand veranlaßte Musäus, eine korrektere Ausgabe zu besorgen, welche im Jahre 1771 in Weimar erschien. Die Oper, welche zu den minder gelungenen Arbeiten von Musäus gehört, wurde im Jahre 1774 von dem Kapellmeister C. W. Wolff in Weimar komponirt. – Auch aus der nächstfolgenden Zeit besitzen wir nur wenig schriftstellerische Leistungen von Musäus. »Die vier Stufen des menschlichen Alters«, ein Vorspiel mit Gesang, Recensionen in der »deutschen allgemeinen Bibliothek« und eine Anzahl »Gelegenheitsgedichte«, das ist Alles, was er damals dem Druck übergeben hat. Im Jahre 1763 wurde Musäus zum Pagenhofmeister am Weimar'schen Hofe ernannt; sieben Jahre später erhielt er mit dem Titel Professor eine Lehrerstelle am Weimar'schen Gymnasium, wo er bis an sein Lebensende wirkte. Dies Amt trug ihm zwar wenig Gehalt, wol aber viel Mühe und Sorgen ein. Was waren jedoch für den immer fröhlichen, immer genügsamen Gelehrten Mühen und Sorgen! Weder körperliche Leiden, die ihn heimsuchten, – namentlich heftige Kopfschmerzen quälten ihn häufig, – noch Nahrungssorgen konnten seine unerschöpfliche Laune dämpfen und seinen Humor trüben. Mit Freudigkeit und Hingebung widmete er sich den Pflichten seines anstrengenden Berufes, geschätzt und geliebt von seinen Zöglingen, von seinen Vorgesetzten, von allen Bürgern der guten Stadt Weimar.

Bald nach seiner Anstellung als Professor verheirathete sich Musäus mit Juliane Krüger, die ihm bis zu seinem Tode eine treue Stütze und Pflegerin war. Von der Innigkeit des Verhältnisses zwischen den beiden Ehegatten erzählen uns in beredtester Weise die eben so herzlichen als launigen Verse, die Musäus in keinem Jahre seiner Ehe der geliebten Gattin zum Wiegenfeste darzubringen verfehlte.

Das Glück der zufriedenen Eheleute erreichte seinen Gipfel, als zwei Söhnchen, Karl und August, den häuslichen Kreis vergrößerten, und von da ab spielten in den Geburtstagsgedichten des Vaters auch die lieben Kleinen, von denen der jüngere jedoch schon im Kindesalter starb, eine Rolle. So wendete er sich am dritten Geburtstag in folgender poetischen Epistel an seinen Erstgebornen, ihn zum Dollmetscher der Glückwünsche für die Mutter machend:

»Hör' an, mein lieber kleiner Sohn,
Ich merke, Du verstehst mich schon
Und weißt wol, daß bei später Nacht
Dein Vater emsig Verse macht.
Nun, diese, wenn sie fertig sind,
Verwahre Du, mein liebes Kind,
Bis morgen früh der Himmel graut,
In Deinem Bettl; dann werde laut,
Und wenn Mama davon erwacht
Und freundlich Dir entgegenlacht,
So reich' dies Blatt, der Liebe Pfand,
Ihr hin mit Deiner kleinen Hand,
Und lächle ihr so himmlisch schön,

So sanft, – Du wirst mich wol verstehn, –
Daß sie beim ersten Morgengruß
Durch Dich Entzücken fühlen muß.
Auch darfst Du morgen ja nicht schrein,
Mußt frömmer als ein Lämmchen sein.
Warum das Alles? fragest Du.
Du sollst's erfahren, höre zu!
Die Mutter schlief, nach Deinem Brauch,
Vor Zeiten in der Wiege auch;
Und nun ist heut ihr Wiegenfest,
Das uns der Himmel feiern läßt;
Darüber hat wol Niemand sich
Zu freun mehr Recht als Du und ich;
Drum wollen wir zur Vorsicht flehn,
Daß wir es noch recht oft begehn.
Die reine Unschuld fleht aus Dir,
Die treuste Zärtlichkeit aus mir,
Die als das beste Opfer glüht
Zum Schöpfer, der uns Beide sieht;
Und ihm ist die Erhörung leicht,
Die Beiden uns zum Glück gereicht.
Der lieben Mutter bestes Loos
Sei einst, mich grau zu sehen, Dich groß!«

Noch in dem Jahre seines Todes widmete er der
treuen Gattin folgenden Geburtstagswunsch, zugleich in seinem und seiner Kinder Namen:

»Treue Pflegerin der Kranken,
Was belohnet Deine Müh?
Kann Dir Kind und Gatte danken,
Daß Du zärtlich sorgst für sie,

Und so manche Winternacht
Hast für ihre Ruh durchwacht?

Würdig bist Du, daß die Liebe
Deinen Pfad mit Rosen streut;
Doch schwand mancher Tag so trübe!
Denn die bange Zärtlichkeit,
Kummer und ein Heer von Sorgen
Schwärzten manchen heitern Morgen.

Hat die Ehe Deinem Leben
Gleich der Wonnetage Zahl
Mit sparsamer Hand gegeben,
Dennoch reut Dich nicht die Wahl:
Plagt uns Ausschlag, Fieber, Gicht,
Kränkelt doch die Liebe nicht.

Diese Dir geweihte Liebe
Regt in Kind und Gatten sich;
Du verkennst nicht ihre Triebe,
Weißt, wie treu, wie zärtlich Dich,
Gattin! Mutter! wir mit warmen
Herzen und Gefühl umarmen.

Deines Wiegenfestes Feier
Bei beglückter Wiederkehr
Ist uns heilig, hehr und theuer,
Ist uns Wonnetag und mehr:
Weil, gleich Schatten an der Wand,
Deines Kranken Unmuth schwand.

Krönen wird der Vorsicht Segen
Deines Lebens edle Müh,
Sieche Liebe sanft zu pflegen;
Selbst Dir lohnen kann sie nie.
Doch Dir, wie sie kann, zu danken
Übt sie Treue ohne Wanken.«

Die kärgliche Besoldung zwang die vermögens-
losen Eheleute in den ersten acht Jahren ihres Ehe-
standes, Pensionaire in ihr Haus aufzunehmen;
meist waren es junge Lievländer, deren Körper und
Geist ihrer Pflege anvertraut war. Auch ertheilte
Musäus in seinen Freistunden Privatunterricht in
Geschichte und Literatur an junge adlige Damen
und Herren. Der Wunsch indeß, sich und seiner
Gattin mühelosere Tage zu bereiten, vielleicht auch
das Wiedererwachen seiner früheren Lieblings-
neigung, veranlaßten Musäus, die lange bei Seite
gelegte Feder wieder zu ergreifen. »Hat ja das Publikum die Spenden des Jünglings einiger Aufmerksamkeit werth gehalten: vielleicht, daß die Spät-
früchte des männlichen Verstandes nicht minder
schmackhaft ausfallen!« Mit diesem Gedanken
flößte er sich Muth ein und nahm die unterbro-
chene schriftstellerische Thätigkeit wieder auf.
Abermals war es eine modische Schwäche der Zeit,
die er sich zum Gegenstande seiner Satire aussah.
Der schwärmerische, wenn auch reich begabte
Lavater hatte durch seine »Physiognomischen
Fragmente, zur Beförderung der Menschenkenntniß und Menschenliebe,« die Köpfe und Herzen
krampfhaft ergriffen. In seinen »Physiognomi-

schen Reisen« schwang nun Musäus die Geißel
beißenden Witzes und schalkhafter Ironie über die
trügerische Zeichendeuterei des Herzens und des
Charakters, welche Lavater's Physiognomik be-
förderte. Für einen so feinen und witzigen Kopf
wie Musäus mußte die durch Lavater hervorge-
rufene Einbildung, aus den Zügen des Gesichts
unfehlbar auf die Leidenschaften und Gefühle
eines Menschen schließen zu können, den verlok-
kendsten Anlaß zur Satire darbieten. Nur so war
eine zur Krankheit gesteigerte Sucht zu heilen, die
manches schlimme Vorurtheil auf die gefährlichen
Trugschlüsse baute, welche sie von den Zügen des
Gesichts auf die inneren Eigenschaften eines Menschen machte. Es war förmlich eine physiognomi-
sche Wuth eingerissen, da die Nachbeter Lavater's
noch viel weiter gingen als dieser selbst. Darum
war es auch ein wirkliches Verdienst von Musäus,
diese Modethorheit den Leuten im Hohlspiegel
der Karikatur zu zeigen und sie dahin zu bringen,
über ihre Verirrungen selbst zu lachen. Er bewies
ihnen die Widersprüche der physiognomischen
Grundsätze und zwang sie zu der Erkenntniß, daß
die so sehr gepriesene Physiognomik am Ende
nichts weiter sei als ein Guckkasten, in welchem
der Neugierige ein Stück ägyptische Finsterniß
erblickt. Der Glaube an die Unfehlbarkeit jener
Theorie wird von Musäus in seinen »Physiognomischen Reisen« in der anmuthigsten und geist-
reichsten Weise verspottet, und man kann sich
leicht denken, welches Aufsehen diese Schrift
machen mußte in einer Zeit, wo alle Welt die ein-

gestreuten Anspielungen verstand, wenn wir noch heute an dem treffenden Humor, an den witzigen Redewendungen, welche sie auszeichnen, uns erfreuen. Drei starke Auflagen wurden in zwei Jahren vergriffen; die erste erschien 1778 zu Altenburg in vier Heften, die dritte, aufs Neue übersehene und gebesserte, 1781. Der Verleger wurde durch dies Buch in kurzer Zeit zum wohlhabenden Manne; der bescheidene Verfasser aber hatte nicht einmal seinen Namen auf dem Werke genannt, das so großes Aufsehen machte. Lange Zeit wußte man das Räthsel der Autorschaft nicht zu lösen; denn nur wenigen Bekannten hatte der anspruchslose Musäus, der über das Aufsehen, welches sein Buch hervorgerufen hatte, selbst erstaunt war, das Geheimniß verrathen. »Hätt's, weiß Gott! nimmer gedacht, daß ich in der Buchschnitzlergilde sollt' zünftig werden. Hab' die Buchmacher nicht anders geachtet als die Hutmacher und beide in Nahrung gesetzt, wenn ich ihrer Arbeit bedurfte, – ohne die produktive Kraft, einen Hut oder ein Buch zu erschaffen, in mir zu vermuthen.« – Endlich aber mußte das Inkognito doch fallen, welches den ebenbürtigen Nebenbuhler Swift's und Rabener's dem Publikum verbarg, und der Verfasser der »Physiognomischen Reisen« wurde nun eine gefeierte Persönlichkeit, der man von allen Seiten Bewunderung und Aufmerksamkeit entgegentrug. Sein Haus wurde von Verehrern, die ihn kennen lernen wollten, nicht leer, und sein Söhnchen, welches die Besucher schon kannte, rief einmal, durch das Fenster blickend, aus: »Da kommt wieder

Einer, der Papa loben will.« – Musäus wurde indeß durch das ihm gespendete Lob durchaus nicht eitel; sein Eifer wurde vielmehr angespornt, auf dem Gebiete, auf welchem er Erfolg errungen, rüstig weiter zu bauen; erblickte er doch zugleich darin ein Mittel, für den Unterhalt seiner Familie und für eine gediegenere Erziehung seiner Kinder ausreichend Sorge tragen zu können. Aus diesem Grunde wurde er denn auch Mitarbeiter an verschiedenen gelehrten Zeitungen, namentlich an der Gothaischen gelehrten Zeitung und an der Allgemeinen deutschen Bibliothek, in der sein bewährter Witz mit Erfolg gegen die ungeschickten sentimentalen Nachahmer von Goethe's Werther zu Felde zog. Leider war sein schwacher Körper so vielen geistigen Anstrengungen nicht gewachsen, zumal da seine Berufsgeschäfte ihm verboten, am Tage zu arbeiten, und er gewöhnlich erst nach dem Abendessen sich literarischen Beschäftigungen widmen konnte. Bei einer Tasse kaltem Kaffee und einer Pfeife Tabak opferte er dann nicht selten bis zum einbrechenden Morgen den Musen. Seine Gesundheit erlag diesen doppelten Anstrengungen, und im Jahre 1780 fiel er in eine lebensgefährliche Krankheit. Nach seiner Genesung schrieb er folgenden launigen Brief an eine Freundin, Frau Gildemeister in Duisburg, der einestheils über die Gefährlichkeit seiner Krankheit Andeutungen giebt, anderntheils aber zugleich beweist, daß die überstandenen Leiden weder seinen Humor noch die Hingebung für seine Freunde zu beeinträchtigen vermocht hatten. Der Brief ist außerdem deshalb

noch von Interesse weil er uns die Entstehungs-
geschichte seines populärsten Werkes, der »deutschen Volksmärchen« mittheilt. »In dem Taumel
von Geschäften und Zerstreuungen,« schreibt er,
»hat man oft nicht Zeit genug, über die Gefühle des
Herzens genugsam zu reflektiren; aber der Still-
stand aller meiner Arbeiten im Denken und Han-
deln und in meinen Berufsgeschäften gab mir
Muße genug, zuweilen über meine Empfindung zu
denken, und da fühlte ich erst, wie werth Sie und
Ihr lieber Gildemeister meinem Herzen sind. Sie
werden also wol glauben, daß, wenn meine Seele
den Körper zu verlassen genöthigt gewesen wäre,
ich ohne Zweifel die Tour nach dem Himmel über
Duisburg würde genommen haben, und wenn es
möglich ist, daß die Seele nach unserer Verbindung
mit ihrem Erdenkörper in körperliche Dinge wir-
ken kann, so würde ich mich gewiß bei Ihnen ge-
meldet haben, nicht als ein lärmender Poltergeist,
der einen schweren Fall ins Haus thut wie ein um-
gestoßener Fruchtsack, sondern ich würde nur in
den Gardinen Ihres Bettes ein Wenig gerauscht
oder am Tage auf dem Porzellantisch promenirt
und die Tassen ganz sanft bewegt haben, ohne eine
herunterzuwerfen oder Sie sonst in Schrecken zu
setzen. Hätte ich aber zu diesen Merkzeichen meiner Gegenwart kein Vermögen gehabt, so hätte ich
Sie und Ihren lieben G. leicht umschwebt, Sie bei-
derseits ungefühlt umarmt, und dann hätte die
emigrirende Pilgerseele ihren Weg nach dem Orte
ihrer Bestimmung ruhig fortsetzen mögen. Indessen glaube ich, daß Ihnen ein Besuch von mir lieber

sein würde, wenn ich zugleich meinen Körper mit-
brächte. Gott Lob, daß ich den noch habe, und so
habe, daß ich wieder der Nämliche bin, der ich vorher war, ohne daß eine der traurigen Vermuthun-
gen der Ärzte, daß ich blind werden, einen gelähmten Körper bekommen, oder gar ein dumpfes
Pflanzenleben führen, den Verstand und das Gedächtniß nur geschwächt wiedererhalten würde, in
Erfüllung gegangen ist.

»Ich sehe mein gegenwärtiges Leben als den
zweiten Theil desselben an, und da sollte freilich,
nach dem Buchmacherkostüm, der zweite Theil
dem ersten billig die Wage halten; doch rechne ich
darauf eben nicht sehr.

»Was meine schriftstellerischen Verhandlungen
betrifft, so hab' ich vorigen Herbst die Verheuti-
gung meines alten Grandison vollendet, und ob ich
gleich nichts unterlassen, das Buch so relevant zu
machen, als mir möglich gewesen, weil es meine
literarische Erstlingsfrucht vor 20 Jahren war, so
erlebe ich doch das Herzeleid, daß es unter dem
Romanpöbel versteckt bleibt; denn noch zur Zeit
hat keine gelehrte Zeitung dem ersten Theil, der
schon ein Jahr heraus ist, die Ehre angethan, seiner
zu erwähnen. Da sehe ich, daß zum Laufen nicht
schnell sein hilft; denn bei den phys. Reisen stieß
die Fama ganz anders in die Trompete. Nachdem
ich nun seit der Zeit meinen Grimm an den Konsorten aus der Romanisten-Gilde ausgelassen und
dreißig solcher Philister in der allgemeinen Bibliothek mit dem kritischen Eselskinnbacken in die
Pfanne gehauen, so bin ich nun auf eine neue Idee

gekommen. Die Feereien scheinen wieder recht in Schwung zu kommen; Rektor Voß und Amtmann Bürger vermodernisiren die tausend und eine Nacht um die Wette, selbst die Feenmärchen sind in Jena dies Jahr wieder im Nürnbergischen Verlag von Neuem gedruckt worden. Ich will mich an die Kette anhängen und lasse von meiner Drehscheibe jetzt ein Machwerk dieser Art ablaufen, das den Titel führen wird: »Volksmärchen, ein Lesebuch für große und kleine Kinder.« Ich sammle dazu die trivialsten Ammenmärchen, die ich aufstutze und noch zehnmal wunderbarer mache, als sie ursprünglich sind; davon hofft nun meine liebe Frau, daß es ein ganz lukrativer Artikel werden soll. Meinem lieben Pathchen widme ich ein schön gebundenes Exemplar, wenn das Werk zu Stande kömmt.«

Von dem Meisterwerke unseres Musäus erschien die erste Auflage zu Gotha in den Jahren 1782 bis 1787. Nach Musäus' Tode besorgte Wieland eine neue Auflage der Volksmärchen. Schon Zachariä hatte vor ihm den Gedanken gehabt, alte Märchen und Sagen, die im Munde des Volkes sich fortpflanzen, zu sammeln und in moderner Bearbeitung herauszugeben, doch ohne damit großen Anklang zu finden. Die Volksmärchen von Musäus dagegen erregten schon bei ihrem Erscheinen einen wahren Beifallssturm, der in zahlreich erneuerten Auflagen, sowie in Übertragungen in fremde Sprachen einen beredten Ausdruck gefunden hat; schon im Jahre 1791 erschien eine englische Übersetzung derselben. In der That verdienen diese Kinder der heitersten Laune und des lebendigsten Witzes das Ansehen, in welchem sie noch heute bei dem gesammten Lesepublikum stehen, durch die Gewandtheit der Ausführung, durch die köstliche Naivetät, die ihnen eigen ist, und durch die Fülle geistreicher Bemerkungen und scharfsinniger Beobachtungen, welche in die Erzählung eingeflochten sind. Jene satirisch-komische Ader, welche bereits in dem deutschen Grandison und in den physiognomischen Reisen alle Leser lachen gemacht hatte, pulsirt auch in den deutschen Volksmärchen. Man denke nur an die Geißelhiebe, welche in der ersten Legende von Rübezahl an die Justizpflege jener Zeit ausgetheilt werden. In derartigen Bemerkungen zeigt es sich auch, daß in Musäus der freisinnige Geist des achtzehnten Jahrhunderts vollständig zum Durchbruch gekommen war, und schon dadurch allein sind die Volksmärchen eine Lieblingslektüre für alle Klassen der Gesellschaft geworden und werden es bleiben. Aber sie bildeten auch durch die ihnen eigenthümliche muntere und schalkhafte Laune, welche nichts von krankhafter Empfindsamkeit an sich trägt, ein verdienstvolles Gegengewicht gegen die Sentimentalität jener Epoche. Musäus spricht sich in seiner Vorrede zu den Volksmärchen über die Absicht, die ihn bestimmte, gerade durch Märchen die Lesewelt zu unterhalten, eingehend aus. Diese Vorrede ist an einen damals durch ein Chodowiecki'sches Kupfer sehr bekannten Küster Runkel an der Sebalduskirche in – gerichtet. In launiger Weise redet Musäus den Küster als Repräsentanten des ganzen

Publikums folgendermaßen an: »Er als ein spekulativer Kopf und Menschenspäher hat sonder Zweifel längst die Beobachtung gemacht, daß der menschliche Geist in seinem unaufhörlichen Ringen und Streben nach Beschäftigung und Unterhaltung ebensowenig ein Kostverächter ist als sein Nachbar und Hausgenosse, der Magen, nach Nahrung und Speise, daß aber der eine wie der andere zu Zeiten eine Abwechselung begehrt, um Ekel und Überdruß zu vermeiden. Ich traue Ihm so viel literarische Kenntniß zu, daß Er weiß, wie die Aktien der dermaligen Modelektüre laufen; oder wenn Ihm das Amt der Schlüssel an der St. Sebalduskirche, wie das ein sehr möglicher Fall ist, an der Erweiterung Seiner Erkenntniß sollte hinderlich gewesen sein, so will ich Ihm nicht verhalten, daß in dem letzten Jahrzehent die leidige Sentimentalsucht in der modischen Büchermanufaktur dergestalt überhandgenommen, daß der Sturm des Herzdranges der deutschen Skribenten mehr empfindsame Schriften ins Publikum geweht hat, als ehedem der heiße Südwind vom Schilfmeer her Wachteln ins Israelitische Lager warf. Daher denn eben nicht zu verwundern, wenn dem deutschen Publikum ebenso wie vormals dem Israelitischen vor der losen Speise ekelt, und ersteres nach den Zeitbedürfnissen zur Unterhaltung sich nach einer Abwechselung sehnt. Was ist billiger und leichter, als diesem Wunsche zu genügen? Meiner unvorgreiflichen Meinung nach wär's wol Zeit, die Herzensgefühle eine Zeit lang ruhen zu lassen, das weinerliche Adagio der Empfindsamkeit zu endigen und durch die Zauberlaterne der Phantasie das ennuyirte Publikum eine Zeit lang mit dem schönen Schattenspiele an der Wand zu unterhalten.« – »Die Erfahrung mußte Ihn belehrt haben, daß die Phantasie die liebste Gespielin des menschlichen Geistes und die vertrauteste Gesellschafterin durchs Leben sei, von der ersten Entwickelung der Seele aus der kindischen Hülse bis zum Einschrumpfen der körperlichen Organisation im späten Alter. Das Kind verläßt sein liebes Spielwerk, Puppe, Steckenpferd und Trommel, der wildeste Gassenläufer sitzt still und horchsam, wenn ein Märchen, das ist: eine wunderbare Dichtung, seine Phantasie anfacht, hört stundenlang mit gespannter Aufmerksamkeit zu, da er bei der Erzählung wahrer Begebenheiten ermüdet und dem instruktiven Schreck sobald als möglich entläuft. Der Hang zum Wunderbaren und Außerordentlichen liegt so tief in unserer Seele, daß er sich niemals auswurzeln läßt; die Phantasie, ob sie gleich nur zu den untern Seelenkräften gehört, herrscht, wie eine hübsche Magd, gar oft über den Herrn im Hause, über den Verstand. Realitäten genügen dem menschlichen Geiste nicht immer, seine grenzenlose Thätigkeit wirkt in das Reich hypothetischer Möglichkeit hinüber, schifft in der Luft und pflügt im Meere. Was wäre das enthusiastische Volk unserer Denker, Dichter, Schweber, Seher ohne die glücklichen Einflüsse der Phantasie? Aber auch selbst der kalte Vernünftler gestattet ihr zuweilen ein vertrauliches tête-à-tête, wirft Möglichkeit und Wirklichkeit durch einander, bildet sich unterhaltende Träume oder nutzt die Erfindungen einer fremden Zauberlaterne, um seinen philosophischen Forschungsgeist damit zu nähren.« – Wieland, der, wie schon erwähnt, 19 Jahre nach dem Tode des Verfassers eine neue Auflage der Volksmärchen herausgab, äußerte sich in überaus anerkennender Weise über den Ton und Charakter derselben: was etwa auch eine strenge Kritik an diesen lieblichen Märchen auszustellen finden könne, sei mit Dem, was ihm das Gefälligste und Anziehendste in ihnen scheine, auf das Innigste verwebt, und man stehe in Gefahr, die besten Schönheiten wegzuwischen, wenn man einzelne Flecken auszufeilen sich erdreisten möchte; darum habe er auch, außer kleinen Nachlässigkeiten in der Schreibart, wenig oder nichts geändert und sich in einzelnen Anmerkungen nur hier und da eine Texterklärung erlaubt. »Unter den besten Unterhaltungsschriften, – setzt Wieland hinzu, – zumal unter jenen, welche die Jugend ohne Schaden und vielmehr mit Gewinn für Kopf und Herz lesen kann, werden diese ihren wohlverdienten Platz nie verlieren!« – Auch Fr. Jakobs, der ebenfalls eine Ausgabe der Volksmärchen besorgte, erzählt, mit welchem Vergnügen er sie wieder und wieder gelesen, und wie gern er auf die Besorgung der neuen Ausgabe einen beträchtlichen Theil seiner Zeit verwendet habe.

Charakteristisch und originell wie die Märchen selbst, ist die Entstehung derselben. Musäus s a m m e l t e im eigentlichen Sinne des Wortes Märchen, die sich im Volke von Mund zu Mund fortgepflanzt hatten. Er versammelte eine Menge alter

Weiber mit ihren Spinnrädern um sich her und ließ sich von ihnen die Märchen mit ermüdender Geschwätzigkeit vorerzählen, denen er dann das unnachahmlich anmuthige Gewand seiner Darstellung verlieh. Kinder rief er von der Straße in sein Zimmer, spielte mit ihnen und bezahlte ihnen jedes Märchen mit einem Dreier. Seine Frau trat eines Abends, von einem Besuche zurückkehrend, in das Wohnzimmer, als eine Wolke des übelriechendsten Tabaks ihr entgegendampfte; durch den Nebel, der sich im Zimmer verbreitet hatte, sah sie ihren Mann am Ofen sitzen neben einem alten Soldaten, der aus seiner kurzen Thonpfeife wacker drauflos schmauchte und Märchen erzählte. In der Zeit, wo Musäus seine Volksmärchen schrieb, war die Gesundheit unseres guten Professors eine kräftigere als sonst, und öfter unternahm er kleine Fußreisen nach Jena oder nach Gotha, wo seine Schwester verheirathet war, auch einmal eine durch den Thüringer Wald nach Coburg.

In den von Kotzebue herausgegebenen nachgelassenen Schriften von Musäus findet sich auch eine äußerst launige Erzählung unter dem Titel: »Lustige Polizeianstalten für Spaziergänger,« in welcher er sich über die Unannehmlichkeiten lustig macht, die ihm durch die peinliche Wachsamkeit des Militairs vor den Thoren Coburg's zugestoßen waren. – Auf diesen Spaziergängen war der originelle Mann immer mit einem Regenschirm ausgerüstet, mochte das Wetter beschaffen sein, wie es wollte. Man mochte den launigen Gelehrten wol manchmal für einen Handwerksburschen halten, wenn man ihn mit aufgeknöpfter Weste und mit einem Bündel, Kleider und Wäsche enthaltend, an einem Stock über der Schulter, auf der Landstraße daherschreiten sah.

Sein Lieblingsaufenthalt war ein kleines Gut, das er sich auf der Altenburg bei Weimar gekauft und welches die kunstsinnige Herzogin Amalia mit Möbeln versehen hatte. Er selbst hatte sich dort ein niedliches Gärtchen angelegt, und nun pflegte er jeden Tag, sobald ihm seine Berufsgeschäfte es gestatteten, nach seinem kleinen Tusculum hinauszuwandern; die Holzscheite zur Heizung seines Stübchens unterm Arm, mit Kaffeekännchen und Tabakspfeife, so wanderte er durch die Straßen, freundlich den vorübergehenden Bürgern zunickend, deren jeder den liebenswürdigen Schriftsteller mit seinen Eigenheiten kannte und liebte. – Musäus, in jeder Beziehung anspruchslos, war es auch hinsichtlich seiner Kleidung und machte sich über seine Sonderbarkeiten in dieser Beziehung selbst lustig. Unter dem Titel »Modischer Lebenslauf eines unmodischen Weltbürgers« schildert er in einem launigen Aufsatze, der in den nachgelassenen Schriften aufbewahrt ist, die Metamorphosen, welche sein Kostüm erfahren hat von dem Augenblicke an, wo er sich zum ersten Mal dem Publikum produzirte und der »Kern seiner Existenz in einer rosenfarbenen Hülse verborgen lag, mit feinem Muselin überzogen und mit Fragmenten von Brüsseler Kanten verbrämt, die sich von dem angestorbenen Brautputz einer Großtante noch in leidlichem Zustande erhalten hatten.

Seit einem halben Jahrhundert,« fügt er hinzu, »hat der Eigensinn der Mode an diesem Taufzeuge nichts verändert. Bei meiner gesammten Deszendenz ist davon Gebrauch gemacht worden, ohne daß die Kritik der Gevatterinnen, die bei dieser Gelegenheit, wie bekannt, auf das Kostüm sehr aufzumerken pflegt, etwas dagegen zu sagen gehabt hätte. An dem Ritual der Taufformel hat sich zwar die gewaltsame Hand der Mode mächtig vergriffen; aber die ganze Draperie des Täuflings, mit Einschluß der Form und des Gebrauchs des Westerhemdchens und der orthodoxen, ungeweihten Windeln, hat sie unangetastet gelassen. Zu meiner Zeit wurde noch solenniter exorcisirt; ich freue mich, vollkommenere Produkte der Welt geliefert zu haben, die bei der Aufnahme in die Gemeinschaft der Christen auf Treu' und Glauben passirten, ohne daß etwas von teuflischer Kontrebande bei ihnen vermuthet wurde.« In harmlos witziger Weise erzählt er, welche Metamorphosen die Mode unter dem Einfluß der Liebe mit seinem Kostüm vorgenommen hat: »Unglücklicher Weise wählte ich Chamois zur Farbe meines Hochzeitskleides, der Eroberer unter Amors Flagge damalige Leibfarbe, welche bald hernach das Schicksal hatte, von dem schäkerhaften Muthwillen für die Hahnreifarbe erklärt zu werden Doch, der Liebe sei's verdankt, die Lästerchronik der Modewelt war für meine Stirn nicht ominös: ich blieb dem gemslederfarbenen Rocke so getreu, wie mein gutes Weib mir selbst, und trug ihn meiner Hochzeitsfeier zu Ehren und zu Trutz und Hohn der Putz-

göttin, deren veränderlicher Sinn mir sehr mißzu-
behagen anfing, bis er als Emeritus vor Alter kahl
und grau war. Seit der Heirathsepoche hatte ich mit
der Mode mich bereits freundschaftlich aus einander gesetzt, daß wir nichts mehr mit einander ge-
mein hatten.

»Aber nicht also meine geliebte zweite Hälfte.
Mein gutes Beispiel war unvermögend, sie zu ge-
ziemender Nachfolge anzureizen; nach mancherlei
Reformen, die ihr weißmoornes Brautkleid, worin
sie doch meinen Augen ausnehmend wohlgefallen
hatte, von Zeit zu Zeit erduldete, da es wie ein
Vexirbeutel bald diese und bald eine andere Gestalt, meines oberherrlichen Interdikts ungeachtet,
annehmen mußte.«

*Johann Karl August Musäus wurde am 29. März in
Jena geboren und starb am 28. Oktober 1787 in
Weimar. Johann Gottfried Herder hielt am 30. Ok-
tober 1787 die Gedenkrede am Grab auf dem
Jacobsfriedhof zu Weimar. 1791 erschienen seine
»Nachgelassenen Schriften«, herausgegeben von
August von Kotzbue.*

Dämon Amor

Ehe noch durch die nordische Sündfluth die bessere Hälfte der Insel Rügen am pommer'schen Gestade zertrümmert oder vom Meer verschlungen wurde* und der mächtige Völkerstamm der Obotriten diese Gegenden bewohnte, herrschte ein junger Fürst, Udo genannt, über diese fruchtbare Insel, die sein väterliches Erbgut war; er residirte in der Stadt Arcon, deren Ruinen jetzt tief unter dem Meere begraben liegen. Er hatte sich mit Fräulein Edda, der Tochter eines seiner Vasallen, vermählt und lebte als ein kleiner Monarch in seinem vom Meer umgrenzten Staate in einer glücklichen Unabhängigkeit, liebte seine Unterthanen, that, was ihn recht zu sein dünkte und kümmerte sich wenig um das Departement der auswärtigen Angelegenheiten. In seinem friedlichen Eigenthum fühlte er nichts von der Last der Regierungssorgen; daher glich er mehr einem glücklichen Privatmann als einem Volksregenten und besaß das seltene Talent der Fürsten, im Schooß der Ruhe die güldne Gleichmäßigkeit zu genießen, ohne Langeweile dabei zu empfinden. Wenn er sich ja zuweilen den Umarmungen seiner Gemahlin entriß, ging er auf die Jagd; Fischerei und Waidwerk waren sein liebster Zeitvertreib.

* Im Jahre 1809.

Einsmals jagte er an der nördlichsten Spitze seiner Domäne auf einem Vorgebirge, das sich weit in die See erstreckte, und rastete nebst seinem Gefolge während der Hitze des Tages unter dem Schatten eines Eichbaumes, wo er des herrlichen Anblicks und der Kühlung der wogenden See genoß. Da regte der Sturmwind plötzlich die rauschenden Flügel, die Oberfläche des Meeres runzelte sich wie eine zornige Stirn, die hohen Wellen brausten und zerrannen an den Felsenwänden des Gestades in gischenden Schaum. Ein Schiff kämpfte mit den Fluthen und war das Spiel der Winde, welche der Mühe des arbeitenden Piloten spotteten und es dem Wall entgegen führten, wo es auf einer verborgenen Klippe scheiterte. So ein interessantes Schauspiel es auch für das Auge sein mag, auf festem Grund und Boden die menschliche Verwegenheit mit zwei betrüglichen Elementen ringen zu sehen, so lange der Wettstreit noch unentschieden ist, so sehr empört sich das Herz gegen den Sieg der stärkern Partei über die schwächere, und die Theilnehmung bietet zum Schutz und der Erhaltung der Unterliegenden alle Kräfte auf, die dem menschlichen Willen zu Gebote stehen. Fürst Udo eilte nebst seinem Hofgesinde alsbald an den Strand, den Schiffbrüchigen beizustehen und sie womöglich den erzürnten Fluthen zu entreißen. Er bot dem verwegensten Fischer große Prämien, die Unglücklichen, die sich noch über Wasser hielten, zu retten. Aber alle angewandte Mühe war vergebens; das Meer hatte seinen Raub bereits dahingenommen, ehe der hilfreiche Nachen die heftige Brandung durchschneiden konnte.

Nur ein einzelner Mann schwebte auf den Fluthen wie ein Kork daher und ritt auf einer Tonne wie auf einem schulgerechten Pferde, das dem Wink seines Reiters gehorsamt. Eine heranrollende Welle schleuderte ihn hoch auf den Strand zu den Füßen des mitleidigen Fürsten, der den Verunglückten mit Leutseligkeit aufnahm, mit trockenen Kleidern versehen ließ und ihn mit Speise und Trank erquickte. Er reichte ihm selbst seinen Mundbecher dar, zum Zeichen, daß er nicht dem Strandrecht als ein Leibeigner verfallen sein, sondern als ein Gast gehalten werden sollte. Der Fremdling nahm die geschenkte Freiheit mit Dank an und leerte den Becher auf das Wohl des Strandherrn, war fröhlich und guten Muths und schien seines Unglücks ganz vergessen zu haben. Diese philosophische Gleichmüthigkeit gefiel dem Fürsten und machte ihn neugierig, den Seefahrer näher kennen zu lernen; darum frug er ihn aus: »Fremdling, wer bist Du? Von wannen kommst Du? Und was ist Dein Gewerbe?« – Der Geborgene antwortete: »Ich heiße Waidewuth der Unbekannte, bin ein Schwimmer, komme von der Bernsteinküste aus Bruzzia* und steuerte auf England zu.«

Udo fand in der Physiognomie, in dem Beinamen und in der Schwimmkunst des Fremdlings etwas, das seine Neugierde, zu fragen, immer mehr reizte; der Unbekannte wußte seine Antworten aber so zu drehen, daß der Fürst nicht erfuhr, was er eigentlich wissen wollte. Er vermeinte, bei näherer Bekanntschaft ihm die geheimnißvolle Hülle dennoch abzu-

* So hieß in alten Zeiten Preußen.

ziehen, und drang nicht weiter in ihn. Darauf gefiel es dem Fürsten, die Jagdpartie fortzusetzen; er lud den fremden Ankömmling dazu ein, welcher keine Ermüdung spüren ließ und den Vorschlag mit Vergnügen annahm. Ehe er sich noch in den Sattel schwang, zerschlug er die Tonne, auf welcher er an's Land geschwommen war, und steckte, gleichsam zum Andenken, einen Span davon zu sich.

Während der Jagd bewies er sich nicht minder als einen guten Bogenschützen, wie er zuvor als ein geschickter Schwimmer sein Talent gezeigt hatte. Der Fürst verließ endlich den Wald und trabte über das Blachfeld nach seiner Residenz. Er sah unterwegs einige Dohlen auffliegen; da verdroß es ihn, sein Federspiel nicht zur Hand zu haben, um sie zu beizen. Der Unbekannte vermerkte nicht sobald das Verlangen des Fürsten, als er solchem schon Gnüge that; er zog den Span von der gelehrigen Tonne, die ihm zum Seepferde gedient hatte, unvermerkt hervor und warf ihn in die Luft; da schwang sich ein Sperber über das Haupt des Fürsten in die Höhe, stieß auf die Dohlen, beizte sie nieder und gehorchte dem Rufen keines Jägers als nur allein des Schwimmers, auf dessen Hand er zurückkam, worüber sich der Fürst nebst seiner ganzen Jägerei höchlich verwunderten. Jeder machte insgeheim seine Glossen über den räthselhaften Mann; Einige hielten ihn für einen Meergott, Andere für einen Zauberer. Udo wußte selbst nicht, was er aus ihm machen sollte, und hielt sein Urtheil zurück; doch ahnte er nichts Gemeines von ihm. Er nahm ihn als einen Gast mit in den Palast, pflegte sein auf's Beste, stellte ihn auch seiner Gemahlin, der sanften Edda, vor und empfahl ihr denselben als einen Freund. Der Unbekannte rechtfertigte durch sein Betragen die gute Meinung, die der Fürst von ihm hegte; er war ein feiner Hofmann, verrieth viele Kenntnisse und wußte mit artigen Taschenspielerkünsten die Damen gut zu amüsiren; aber weder die ihm bewiesene Güte und Freundschaft, noch der Freudenbecher, den er oft mit seinem Pfleger leerte, waren vermögend, das Band der Zunge zu lösen, daß er sich ihm offenbart hätte. Der spähende Scharfblick des Fürsten merkte ihm zuweilen eine geheime Schwermuth ab, insonderheit, wenn ihn Udo zum Augenzeugen seiner häuslichen Glückseligkeit machte, die in den Palästen der Großen so fremd zu sein pflegt als in dem Götterdivan des Homerischen Olympus. Diese Beobachtung erweckte dem Fürsten einen Verdacht, als ob der geheimnißvolle Gast gegen seine Gemahlin im Herzen eine unreine Flamme nähre, die er zu ersticken nicht vermöge und sie auflodern zu lassen sich scheue. Und weil der Samenstaub des Argwohns, wo er hinfällt, leicht zu einem Giftschwamm wird, der aus einem Atom in einer feuchten Nacht aufschießt und seine vollkommene Größe erreicht, so wurde der Fürst eben so geschwind in diesem Irrwahn bestärkt, als er davon befreit wurde.

Eines Tages, da er mit dem verdächtigen Günstling auf die Jagd ritt und beide von dem übrigen Gefolge zufälligerweise abgekommen waren, trat ihn dieser an und sprach: »Guter Fürst, Ihr habt Euch eines Schiffbrüchigen erbarmt, der für diese

Wohlthat nicht undankbar ist. Das Strandrecht machte mich zu Eurem Eigenthum; Ihr habt mir die Freiheit geschenkt, davon ich nun gedenke, Gebrauch zu machen und in meine Heimath zu ziehen, so es Euer Wille ist, mich zu beurlauben.« – Der Fürst antwortete: »Freund, Du hast Macht, zu thun, was Dir gefällt; aber Dein Abschied kommt mir unerwartet; sag' an, was Dich von hinnen treibt.« – »Die Ahnung eines kränkenden Verdachts,« versetzte Waidewuth der Unbekannte, »welchen Ihr gegen mich heget, ob mich gleich mein Herz von aller Schuld freispricht. Ihr mißdeutet meine Schwermuth, die einen Grund hat, von dem Ihr nichts wähnet, der Euch aber unverborgen bleiben soll, so Ihr Verlangen tragt, solchen in Erfahrung zu bringen.« – Udo bestürzte über diese Rede; es war ihm schwer, zu begreifen, wie der menschliche Scharfsinn vermögend sei, die verborgensten Gedanken des Herzens zu errathen, suchte sich, so gut er konnte, aus der Affäre zu ziehen und sprach: »Gedanken, Freund, sind zollfrei; hat mich ein Irrwahn betrogen, wol gut, so hast Du ihn nicht entgolten; die beste Vertheidigung ist, daß Du mir die Ursache Deiner stillen Schwermuth offenbarest.« – »Es sei darum!« gegenredete Freund Waidewuth. »Ich verstehe mich auf die Sterndeutung, habe Euch zu Liebe die Adspekten um Euer Schicksal befragt und befunden, daß eine Glücksveränderung Euch bevorsteht, die mich beunruhigt. Das ist der Grund meiner Schwermuth; begehrt Ihr nähern Bescheid aus der Sache, so höret.« – »Halt' ein,« fiel Udo dem Unglückspropheten in's Wort, »die Adspekten Deines Antlitzes deuten auf nichts Gutes. Daß Du an meinem Schicksal Theil nimmst, dank' ich Dir; doch enthalte Dich, es mir zu verkünden, daß mein Unstern mich nicht im Voraus quäle.« – Der Astrolog schwieg. Udo entließ ihn mit den Empfindungen wahrer Freundschaft, beschenkte ihn reichlich, und er verschwand, ohne daß zu erfahren war, welchen Weg er genommen hatte.

Nach Verlauf weniger Monden erhob sich ein fürchterliches Kriegsgeschrei vom festen Lande her. Das Gerücht erscholl, Cruco, der König der Obotriten, der über Mecklenburg regierte, rüste sich, auszuziehen zum Streite gegen alle obotritischen Stämme, die sich von der Lehnsverbindung des königlichen Thrones frei gemacht hatten, um die abgesonderten Fürstenthümer wieder mit der Krone zu vereinigen. Wider Willen sah Fürst Udo sich genöthigt, von diesen auswärtigen Angelegenheiten Notiz zu nehmen. Er schickte Kundschafter aus und erfuhr, daß sich die Sache in der That also verhielt. Obgleich das Ungewitter nur noch in der Ferne wetterleuchtete, so stand doch der Wind gerade nach seiner Insel zu, der es allem Vermuthen nach gar bald über das Meer herwälzen würde. Dabei war ihm nicht wohl zu Muthe. Zwar ließ er von den Sorgen, die ihn drückten, den Unterthanen so wenig spüren als ein schüchterner Abt seinen Konventualen von dem geheimen Anliegen, daß der furchtbare Kommissar mit dem Aufhebungsdekret vor der Klosterthür stehe und daß die letzte Messe gesungen sei, ob er gleich die Mönche fleißig zu

Chore treibt, als wenn kein Wechsel bevorstände. Fürst Udo rüstete sich in aller Eile, so gut er konnte, und verließ sich noch auf den unsichern Schutz des Meeres, das seine Insel umfloß. Aber das ungetreue Element schlug sich zur stärkern Partei und trug auf seinem breiten Rücken die feindliche Flotte willig an das Gestade seines Territorialherrn.

Der Fürst, der gegen den mächtigen Feind im freien Felde nicht bestehen konnte, wurde in seiner Residenzstadt Arcon belagert und vierzig Tage lang von allen Seiten bestürmt, bis die Stadt nach einer tapfern Gegenwehr erobert wurde. Wie Alles buntüber ging, schloß sich ein muthvoller Haufe getreuer Bürger um den Fürsten, sprengte die Pforte auf und riß sich, wie die Helden David's, unter Beihilfe der Nacht durch's feindliche Lager; sie gewannen das Ufer und stachen mit einem Schifflein, das daselbst vor Anker lag, in die hohe See, unentschlossen, wohin sie ihren Lauf richten sollten. Der Hauch des sanft wehenden Zephyr's ließ die Flüchtlinge die Gebirge ihres verlassenen Vaterlandes nur noch in blauer Ferne sehen; aber die bethränten Blicke des unglücklichen Fürsten hingen noch unbeweglich an dem Gestade seines gewesenen Eigenthums. Er betrauerte nicht so sehr den Verlust seiner Herrschaft als die Trennung von seiner geliebten Gemahlin und einem liebenswürdigen Säuglinge, dem Ebenbilde der holden Mutter und des zärtlichen Vaters Entzücken. Die Ungewißheit, welches Schicksal die Fürstin und das zarte Pfand der Liebe bei Eroberung der Stadt möchte betroffen haben, ob sie den Siegern als eine Kriegsbeute anheimgefallen oder von dem ergrimmten Feinde der Kriegswuth wären aufgeopfert worden, setzte ihn in Verzweiflung. Er wußte es seiner Leibwache wenig Dank, daß sie ihn dem gefräßigen Schwert entrissen hatte, und pries die Erschlagenen glücklich, die von keinem nagenden Kummer mehr gequält wurden.

Das Schicksal schien gegen den unglücklichen Prinzen selbst Mitleiden zu empfinden und den Wunsch, ein qualenvolles Leben zu beendigen, ihm gewähren zu wollen. Ein wüthender Orkan brauste plötzlich über das baltische Meer, ergriff das Schiff und drehte es wie einen Kreisel um, zerriß das Segel, spaltete den Mastbaum und zerbrach das Steuerruder. Das elende Wrack wurde von den hohen Fluthen bald an die Wolken erhoben, bald in den Abgrund geschleudert, und ein gewaltsamer Stoß an eine Klippe zertrümmerte es endlich ganz. Udo war der Erste, der auf des Schiffers Losung: rette sich, wer kann! mit geheimem Wonnegefühl sich in das Meer stürzte, seinen Untergang zu beschleunigen. Aber eine unwiderstehliche Gewalt zog ihn wider Willen aus der Tiefe herauf, und eine zurückrollende Welle ließ ihn betäubt am Gestade zurück. Bei seinem Erwachen fand er eine Menge Menschen um sich, die geschäftig waren, seine Lebensgeister zu ermuntern, und da er wieder zur Besonnenheit kam, war Waidewuth der Unbekannte der Erste, der ihm in die Augen fiel und sich's am Eifrigsten angelegen sein ließ, sein Leben von den Pforten des Todes zurückzurufen.

Anstatt ihm für diesen Dienst zu danken, sprach er mit schwacher Stimme und trauriger Geberde: »Grausamer, hab' ich das um Dich verdient, daß Du mich gewaltsam von dem Gestade der Ruhe in den Pfuhl meiner Leiden zurückstößest, denen mein Geist beinahe entronnen war? Thue Barmherzigkeit an mir und lass' mich in den Fluthen das Grab finden, das ich mit Sehnsucht suche. Lass' mich aus Deiner Hand sanft vom Ufer hinabgleiten in das empörte Meer, so will ich sie für die eines Wohlthäters erkennen; denn indem sie mich aus den Wogen rettete, war sie die Hand eines Peinigers, der seine barbarische Augenweide daran findet, die Martern eines Unglücklichen zu verlängern.«

Waidewuth der Unbekannte reichte ihm freundlich die Hand und sprach mit weichmüthiger Stimme: »Euer Unglück, edler Fürst, hat Euch zu Boden gedrückt mit seinem Zentnergewicht; aber es ziemt einem standhaften Manne nicht, darunter zu erliegen, sondern die letzte Kraft anzuwenden, die Last abzuwälzen und sich wieder empor zu streben. Ehe Ihr den Entschluß faßt, zu sterben, so schüttet wenigstens Euer Anliegen in den Busen eines Mannes, den Ihr vormals Eurer Freundschaft würdig achtetet, und versagt Euch den Trost nicht, zu wissen, daß Ihr einen Theilnehmer Eurer Schmerzen habt; denn das ist das Labsal der Leidenden.« – »Ach!« antwortete der kummervolle Fürst, »warum begehrest Du, daß ich Dir mein Unglück wiederholen soll, dessen Erinnerung mein Herz zerfleischt? Ein mächtiger Feind hat mich meines Fürstenthums beraubt, ich habe mein zartes Ehegemahl nebst dem holden Säugling, dem Pfande keuscher Liebe, verloren! Nun weißt Du Alles, um meinen Entschluß zu billigen, ein Leben zu verlassen, das mir bitterer ist als der Anblick des Todes.« – Der leidige Tröster erwiderte: »Alles das sagten mir die Sterne, als ich sie um Euer Schicksal befragte, und das bekümmerte mich in der Seele, als ich von Euch schied; aber ihr Adspekt kann Euch wieder günstig werden. Verzaget darum nicht; es steht in der Macht des Schicksals, Euch für all' Euren Verlust reichen Ersatz zu leisten. Ihr seid ein junger, rüstiger Mann; wolltet Ihr Euch um ein Weib zu Tode härmen? Ihr dürft nur wollen, so wird Euch nicht die Hausfrau fehlen, welche Euch Kinder gebiert, die Eurer im Alter pflegen; und verschenkt das Glück nicht Kronen und Fürstenthümer, an wen es will? Es kann Euch wieder eines verleihen, wenn Ihr dessen zu Eurer Glückseligkeit bedürft. Ein guter Wirth sucht den Groschen wieder zu gewinnen, den er verloren hat; ein lässiger klagt und jammert, legt die Hände in den Schooß und verarmt.«

Fürst Udo saß in tiefer Traurigkeit und sah nach dem Meer; er fand in dieser Philosophie für Geist und Herz wenig Kern und Saft; aber Freund Waidewuth hörte nicht auf, ihm Trost einzusprechen, daß er sich endlich bewegen ließ, ihm in eine Schifferhütte zu folgen, die unfern vom Strande lag, und daselbst die Verpflegung seines Gastfreundes anzunehmen, die in mäßiger Schifferkost bestand. Die romantische Idee verschwand dadurch, die Udo bei der Aufnahme des wunderbaren Fremd-

lings am rügischen Gestade von demselben gefaßt
hatte. Er sah nun, daß dieser Abenteurer weder
ein Zauberer noch ein Flußgott, sondern ein ge-
meiner Schiffer sei, der sich von seinen Konsorten
durch nichts unterschied, als daß ihm eine prophe-
tische Gabe verliehen war, die aber, wie gewöhnlich, im Vaterlande nichts galt. Darum versprach er
sich von der gemachten Akquisition seiner Freundschaft in dem gegenwärtigen Zustande wenig Trost.
Demungeachtet gefiel ihm der Eifer desselben, nach
Vermögen die ihm bewiesene Wohlthat zu erwidern. Nach einer ländlichen Mahlzeit, welcher doch
der Bewillkommnungsbecher, mit geistigem Weine
gefüllt, nicht fehlte, wies der dienstfertige Wirth
dem ermatteten Gaste eine Ruhestätte an und
wünschte, daß der güldne Schlaf ihn auf einige
Zeit seines Kummers vergessen mache.

Am folgenden Morgen, da Udo sich ermunterte,
nahm er zu großer Verwunderung gewahr, daß er
sich nicht mehr in einer Schifferhütte, sondern in
einem königlichen Gemach befand, das mit präch-
tigem Hausgeräthe versehen war. Er lag in einem
herrlichen Thronbette auf sanften Flaumen. Die
Sonne begrüßte ihn freundlich durch die hohen
Fenster von buntgefärbtem Glas, und es schien,
als wenn ihr wohlthätiger Schimmer seine matte
Seele wieder neu belebe. Sobald er sich regte, traten
eine Menge wohlgekleideter Bedienten herein und
warteten ehrerbietig auf seine Befehle. Die ersten
Fragen, die er an sie gelangen ließ, waren natürlich
die, ihm zu sagen, wo er sich befinde, wie er in
diesen Palast gekommen und wer der Eigenthümer

davon sei. Sie antworteten, er befinde sich in der Stadt Gedan* am Weichselfluß, in der königlichen Residenz. Der Beherrscher derselben sei Waidewuth** der Mächtige.

Udo erstaunte, an dem König der Bernsteinküste wider Vermuthen einen Freund und Bundesgenossen gefunden zu haben, von dem er so viel Wunderdinge hatte sagen hören; aber er hatte sich nicht träumen lassen, daß der Taschenspieler Waidewuth, welchen er bei sich beherbergt hatte, dieser Monarch in eigner Person sei. Ehe er sich von seiner angenehmen Bestürzung erholt hatte, trat der König, mit allen Ehrenzeichen seiner Würde geschmückt, in das Gemach, den Gast zu bewillkommnen, und umarmte ihn auf's Zärtlichste. – »Mein Bruder,« sprach er, »Ihr seid hier in Eurem Eigenthum; ich freue mich, Gelegenheit gefunden zu haben, die von Euch genossene Freundschaft zu erwidern.« – Udo befand sich bei dieser Überraschung in keiner geringen Verwirrung; er wurde von dem König als ein Prinz aufgenommen, den er als einen geringen Privatmann bei sich empfangen hatte, und ermangelte nicht, diesen Verstoß gegen die Etiquette mit dem strengen Inkognito, das Seine Hoheit beobachtet hatte, zu entschuldigen. Um dem niedergeschlagenen Gaste die traurigen

---

* Der alte Name der Stadt Danzig, daher die lateinische Benennung *Gedanum*.
** Der Name eines alten Königs der preußischen Wenden, in der Volkssprache Wittewulf genannt, den die Tradition für einen großen Zauberer ausgiebt und von dessen zwölf Söhnen die preußischen Provinzen sollen sein benennet worden.

Gedanken zu vertreiben und ihn zu zerstreuen, entzifferte Waidewuth ihm Alles, was ihm der Fürst bei der Landung am rügischen Gestade abzufragen vermeinte, ohne daß seine Neugierde vergnügt wurde.

»Ich ging aus,« sprach er, »Menschenkunde zu treiben, die Sitten und Gewohnheiten fremder Völker zu beobachten, um mich dadurch zu belehren und zu vervollkommnen, nebenher auch, ich leugne es nicht, die Töchter des Landes zu beschauen, um mir eine Gemahlin zu suchen. Elfriede, die Tochter des Königs der Ostangeln in Britania, war mir ihrer Schönheit und Tugend halber gerühmt worden. In dieser Absicht rüstete ich ein Schiff aus, um mein Gefolge und die Geschenke, die ich der Prinzessin bestimmt hatte, dahin zu bringen; für mich selbst hätte ich keines Schiffs bedurft; ich habe eine Methode, weit sicherer und bequemer zu reisen. In der Gegend Eurer Insel überfiel mich ein Sturm, dadurch ging ich meines Schiffes verlustig; doch der Schade war leicht zu verschmerzen. Während des Orkans bemerkte ich Eure Bewegung am Strande, den Nothleidenden hilfreich beizustehn; diese Menschlichkeit gefiel mir und bewog mich, Eure Bekanntschaft zu machen. Die Aufnahme, die Ihr mir widerfahren ließt, gewann Euch mein Herz; das war die Ursache des längeren Aufenthaltes auf Eurer Insel. Dagegen kränkte mich das Vorauswissen Eures unabwendbaren Schicksals peinlich, und das war die Ursache, daß ich davonschied. Wäre dieser Glückswechsel nicht auf der Tafel des Verhängnisses angeschrieben gewesen, hätte ich meine ganze Macht aufgeboten, Euch zu beschützen. Von Euch begab ich mich auf die Brautschau nach England; aber ich kam zu spät; die schöne Elfriede hatte bereits ihr Herz versagt, und ich war zu bescheiden, die erste Liebe zu stören, oder zu eigensinnig, nach einem Herzen zu streben, das von der heißen Flamme schon versengt war. Auf dem Rückwege besuchte ich den Hof des Königs Cruco, Eures Überwinders; ich sah daselbst die Prinzessin Obizza, seine Tochter, eine so liebliche Dirne, als eine zu finden ist; aber ihr Herz ist keiner Liebe empfänglich und das meine zu stolz, eine Verschmähung ungerochen zu lassen; darum hütete ich mich, eine Thorheit zu begehen, und unterdrückte eine Leidenschaft, welche die Ruhe zweier Reiche würde gestört haben, wenn sie mich überwältigt hätte.«

Udo konnte nicht begreifen, wie das Glück, das seinem Freunde eine Krone verliehen hatte, ihm die kleine Begünstigung eines genügsamen Liebesgenusses, die es an Hirten und Karrenschieber auszuspenden pflegt, zu versagen schien. Es war augenscheinlich seine Schuld nicht, daß er noch im Cölibat lebte; darum konnte der Fürst sich nicht enthalten, ihm einzugestehen, daß er dieses Räthsel sich nicht aufzulösen wisse. König Waidewuth gab ihm sonder Rückhalt diesen Aufschluß darüber: »Euch ist unverborgen, daß mir die Gabe verliehen ist, in die Zukunft zu blicken; Ihr Andern zieht blindlings Euer Loos, ohne zu wissen, ob Ihr einen Treffer oder eine Niete greifen werdet. Ich aber frage bei der Wahl meines Herzens das Schicksal um Rath, und wenn ich befinde, daß der

Gewinn nicht auf meiner Seite ist, so stehe ich ab von einer trüglichen Liebe, deren süßen Genuß hinterher der Reue bittrer Wermuthgeschmack vergällt. Die schönsten Hoffnungen sind die täuschendsten. Wenn die Liebenden das Horoskop ihres zukünftigen Verhängnisses zu stellen wüßten, so würden wenig Bräute das Ehebett beschreiten, und das Heuschreckenheer der Hagestolzen würde die Sonne verdunkeln.« – Udo beschloß diese Unterredung mit seinem Gastfreunde mit dem guten Rathe, den er ihm ertheilte, bei der Wahl des Herzens ein Auge zuzudrücken und nicht mit Adlerblick die Zukunft, sondern vielmehr die Braut zu entschleiern. Wenn alle Ehekompetenten diese Prozedur befolgten, setzte er hinzu, so stehe nicht zu befürchten, daß die Hagestolzen zu einem Heuschreckenvolk anwachsen werden. Der König der Bernsteinküste gab diesem Rath Gehör, suchte in der Nähe, was er in der Ferne nicht gefunden hatte, theilte Herz und Thron mit einer Eingebornen, hatte auf gut Glück ein gutes Loos gezogen, und der dauerhafte Genuß seines Eheglücks hinterließ keinen Wermuthgeschmack.

So sehr der verbrüderte Monarch darauf bedacht war, die trübe Stirn seines Gastes aufzuheitern, so war doch nichts vermögend, dessen Kummer zu zerstreuen; er blieb immer tiefsinnig und traurig, das Bild seiner Gemahlin schwebte ihm unablässig vor Augen; er unterließ daher nicht, von Zeit zu Zeit den königlichen Seher um ihr Schicksal zu befragen. Ob ihm nun dieser gleich mit Vorbedacht eine Zeit lang auswich, so konnte er dem bedrängten Fürsten endlich doch nicht länger widerstehen, indem er weislich erwog, daß das Schweben des Geistes zwischen Hoffnung und Furcht peinlicher sei als die Gewißheit. Er hatte ihm keine gute Botschaft zu hinterbringen; darum nahm er seinen Weg über einen Gemeinplatz und sprach: »Ein verletzter Nerv schmerzt heftiger, als wenn er ganz entzwei geschnitten wird, und ein zerquetschtes Gliedmaß verursacht peinlichere Empfindung, als wenn es von dem kranken Leibe abgelöst wird. Vernehmt also, mein Bruder, daß Eure Gemahlin den Schmerz, von Euch getrennt zu sein, nicht hat überleben können; ihr Schatten umschwebte mich bereits, eh' Ihr Euren Fuß hier an's Land setztet; in Valhalla* findet Ihr sie wieder. Aus Eurem Mundbecher trank sie den Scheidetrunk der Liebe, welchen sie mit wirksamem Gift vermischte, da ihr hinterbracht wurde, die Stadt sei in der Feinde Gewalt; denn sie hielt es für unanständig, als eine Fürstin die Sklavenfesseln des stolzen Feindes zu tragen.«

Udo erhob eine laute Wehklage über den Verlust seiner geliebten Gemahlin, verschloß sich sieben Tage lang in sein Gemach und betrauerte sie mit Thränen. Am achten Tage aber ging er daraus hervor, heiter und fröhlich, wie die Sonne nach einem Märzennebel, der unter ihr im Thale verschwindet. Aller Gram war nun aus seinem Herzen vertilgt,

---

* Aufenthalt der abgeschiedenen Seelen der Helden und guten Menschen, der Himmel der alten nördlichen Völker.

und sein Sinn stand in die weite Welt, um zu versuchen, ob ihn die wandelbare Göttin wieder eines günstigen Anblicks würdig achten werde, nachdem ihn sein Schicksal so hart verfolgt hatte.

Er entdeckte dieses Vorhaben seinem Busenfreunde, der solches nicht mißbilligte. – »Ich kann Euch,« sprach König Waidewuth, »kein Glück anbieten, das Eurer Würde gemäß sei. Ihr seid als ein unabhängiger Fürst geboren, es ziemt Euch auch, als ein solcher zu leben und Euer Fürstenthum womöglich wiederzuerlangen. Die Sterne sind Euch nicht abhold, das Glück erwartet Euch an der Quelle Eures Unglücks.« – Fürst Udo machte sich zur Abreise fertig, und Waidewuth unterließ nicht, ihn auf's Stattlichste dazu auszurüsten. Da der Abschiedstag herannahte, stellte der König ein herrliches Gastgebot an, zu welchem alle Magnaten seines Reichs eingeladen wurden, und welches neun Tage lang unter mancherlei abwechselnden Lustbarkeiten dauerte. Am letzten Tage führte er seinen Gast abseits in's innere Gemach, um mit ihm zum Valet den traulichen Becher der Freundschaft zu leeren, und als der Wein Stirn und Herz erwärmt und die Offenherzigkeit das Band der Zunge gelöst hatte, faßte der Wirth den Gast bei der Hand und redete also:

»Noch Eins, mein Bruder, ehe wir uns scheiden! Empfahet diesen Fingerreif von mir als das untrüglichste Freundschaftszeichen, nicht zum Geschenk, sondern als ein anvertrautes Gut, zu Eurem Nutz und Frommen, so lange Ihr dessen bedürft. Zugleich vernehmt ein Geheimniß, daraus

Ihr erkennen möget, daß sich mein Herz gegen Euch eröffnet hat. Alle Welt hält mich für einen großen Zauberer; ich verstehe mich auf die Zauberei so wenig als ein neugebornes Kind aus Mutterleibe. Aber das ist nun einmal, wie Euch nicht unbekannt sein kann, das Loos der Fürsten, daß ihnen Eigenschaften zugeschrieben werden, die sie nicht besitzen. Die Weissagung aus dem Gestirn ist mir verliehen: aber meine ganze Zauberei besteht in diesem Ringe, den mir ein weiser Mann, der mein Freund war, verehrte, als er starb. Ein kleiner geschmeidiger Dämon ist in dessen Krystall verschlossen, der sich in alle Gestalten formen läßt, die ihm der Besitzer des Ringes zu geben wünscht. Er ist ohne Schalkheit, schnell, dienstfertig und treu. Er war es, der, als eine ledige Tonne gestaltet, mich an Euer Ufer trug; er war in dem Span, den ich davon nahm und welchen ich zu Eurem Vergnügen befiederte, daß er in Gestalt eines Sperbers die Dohlen beizte und auf meine Hand zurückkehrte, auf der ich ihn in Eure Residenz brachte. Er belustigte Euren Hof durch mancherlei Possenspiel und erwarb mir den Ruf eines geschickten Taschenspielers, trug mich aus Eurer Insel über Meer nach England, in der Gestalt eines leichten Nachens, und von da zurück an's mecklenburgische Gestade. Hier verwandelte ich ihn in ein beflügeltes Roß, worauf er mich auf seinem Rücken gemächlich in meine Staaten zurück trug. Auch will ich Euch nicht verhehlen, daß er mein treuer Kundschafter gewesen ist, der mir Botschaft von Eurem Schicksal brachte. Auf meinen Befehl lenkte er

Euer Schifflein als ein lauer Zephyr an die Bernsteinküste, und da der Orkan es zertrümmerte, zog
er Euch aus den Fluthen an den Strand und trug
Euch auf seinen Schultern, als Ihr schliefet, in
diesen Palast.

»Um die Hälfte meines Reiches wäre mir der
dienstbare Dämon nicht feil. Aber weil ich Euch
mit Liebe umfasse, will ich auf Treu' und Glauben
ihn eine Zeit lang Euch zum Gebrauch darleihen,
und wenn Ihr dessen nicht mehr benöthigt seid, so
lass' ihn, als einen Sperber gestaltet, wieder zu mir
fliegen, mit dem Ringe im Schnabel. Wenn Ihr den
Geist aus demselben zu Eurem Dienste hervorrufen wollet, so dreht den Reif am Finger dreimal
rechts; alsbald wird er frei und ist bereit, Eure
Befehle auszurichten. Dreht Ihr aber den Ring
dreimal links, so kehrt er in seine krystallene Wohnung zurück.« –

Fürst Udo nahm das Pfand der Freundschaft
mit innigem Danke, besah den Ring und bemerkte
in dem durchsichtigen Krystall ein trübes Wölklein, woraus die Phantasie eben so leicht einen kleinen Teufel schuf mit zwei Hörnern, Krallen,
Schwanz und Pferdefuß, als sie aus dem Wölklein
im Mond einen Mann mit der Dornwelle auf dem
Rücken gebildet hat.

Udo nahm den Weg, nach der empfindsamsten
Beurlaubung von seinem prophetischen Jonathan,
nach dessen Ausspruche gerade auf Mecklenburg
zu; die Hermeneutik des gesunden Menschenver-
standes wußte von der Quelle seines Unglücks
keine schicklichere Auslegung zu finden. Er hatte

232

beschlossen, das strengste Inkognito daselbst zu beobachten, und so unglaublich es ihm auch vorkam, in der Residenz seines Ueberwinders groß Glück zu machen, so grübelte er darüber doch nicht lange und überließ es der Zeit und dem Erfolge, ihm dieses Problem zu lösen. Die Stadt Mecklenburg war die Hauptstadt im Königreich der Obotriten und der Wohnsitz ihrer Regenten. Sie war das europäische Bagdad oder Kairo, in Ansehung der Größe und Volksmenge, oder vielmehr das deutsche London und Paris*. Cruco hatte sie auf den Gipfel ihrer Größe und ihres Wohlstandes erhoben; er hielt daselbst einen glänzenden Hof und verpflanzte dahin alle überwundenen Fürsten und Vasallen, die er in seine Gewalt bekam. Er hatte die Grenzen seines Reichs auf eine glorreiche Art, vermöge des Rechts des Stärkern über den Schwächern, erweitert und den gesammten Völkerstamm der Obotriten seinem Zepter unterworfen; demungeachtet war seine Glückseligkeit nicht vollkommen: es fehlte ihm an einem männlichen Reichserben. Fräulein Obizza, seine einzige Tochter, war der Thronfolge nicht fähig; denn alle nördlichen Völker gehorchten damals dem salischen Gesetz. Der König meinte gleichwol ein Mittel gefunden zu haben, die Regierungsfolge seinem Geschlecht zu erhalten, und hatte durch eine pragmatische Sanktion den erstgebornen Sohn seiner

---

* Das scheint die griechische Benennung der Stadt Mecklenburg, *Megalopolis*, zu bestätigen, von welcher in der Folge das Land den Namen geerbt hat.

Tochter, an welchen Prinzen sie auch würde vermählt werden, sich zum Thronfolger ausbedungen. Allein die Prinzessin hatte bei allen ihr verliehenen Reizen den so seltenen Fehler ihres Geschlechts, daß sie gegen das andere Geschlecht eine unüberwindliche Abneigung hegte. Sie hatte die glänzendsten Verbindungen ausgeschlagen, und da ihr Vater sie auf's Zärtlichste liebte und ihr nicht den Zwang auferlegen wollte, nach Sitte der Fürstentöchter die Liebe als ein Staatsgeschäft zu betreiben, so wünschte er wenigstens, daß sie aus der Liebe eine Herzensangelegenheit machen und sich aus Neigung einen Gemahl wählen möchte. Doch auch diesen Wunsch wollte ihm das Fräulein nicht gewähren; ihre Stunde war entweder noch nicht gekommen, oder Mutter Natur hatte ihr die süßen Empfindungen, mit welchen sie gegen ihre reizenden Töchter oft so verschwenderisch umgeht, ganz versagt.

Dem Vater Cruco verging darüber alle Geduld; er war um einen Thronfolger verlegen und fand sich gedrungen, jedem Freibeuter Macht und Gewalt zu geben, sein Heil zu versuchen, auf das Herz der schönen Obizza Jagd zu machen, und verhieß dem Eroberer das Fürstenthum Rügen als eine Prämie. Dieser Köder lockte eine Menge Glücksritter von allen vier Winden des Himmels nach Mecklenburg, die das Herz der unempfindsamen Obizza zu bestürmen kamen. Alle genossen am Hofe eine günstige Aufnahme, und die Prinzessin durfte auf des Vaters Geheiß keinem den Zutritt versagen. Es wäre fürwahr das bunteste

Schauspiel für das Auge eines philosophischen Beobachters gewesen, die Operationen einer Menge von Gecken zu belauschen, die das Fräulein, wie ein dichter Dunstkreis einen Schweifstern, umnebelten, und davon jeder nach seiner eignen Methode ihr unbezwingliches Herz zu erringen strebte. Einige vermeinten, verstohlener Weise sich hinein zu schleichen, sich hinein zu winseln, hinein zu stehlen oder es zu erschmeicheln; andere waghalsten, es mit wildem Ungestüm gleich im ersten Rennen zu erlaufen. Doch dieser Unsinn diente nur, die Prinzessin in ihrem Männerhasse zu bestärken und ihre Verachtung gegen das andere Geschlecht dergestalt zu mehren, daß auch ein Endymion keinen Eindruck auf sie würde gemacht haben.

Udo gelangte während dieser sonderbaren Epoche im Mecklenburgischen an. Weil er verlegen war, unter welchem Namen er sich bei Hofe introduciren sollte, so schloß er sich an die Freierkohorte an. Es fiel ihm zwar auf, daß gerade sein Fürstenthum für die Preisaufgabe zur Prämie ausgesetzt war; gleichwol kam ihm der Gedanke nicht ein, auf diesem Wege zum Besitz seines verlornen Eigenthums wieder zu gelangen. Er sah indessen die Prinzessin, und wider Vermuthen erregte ihr Anblick in seiner Seele ein überraschendes Entzücken; eine gewisse Unruhe störte seinen Schlaf, er wurde ein Träumer, und in alle Phantasien des Schlummers mischte sich die Grazie des Mecklenburger Hofes. Dadurch wurde er bald inne, daß eine eben so unwiderstehliche Macht, als die war, welche ihn an der Bernsteinküste aus dem Abgrund emporhob, ihn zu der Prinzessin hinzog. Allein sie schien ihn unter dem Gedränge der sie umgebenden Freierkohorte nicht zu bemerken.

Bisher hatte er von Freund Waidewuth's Spende noch keinen Gebrauch zu machen gewußt; jetzt dachte er auf einen Versuch, dem dienstfertigen Dämon ein Geschäft zu geben. Er gestaltete ihn in den niedlichsten Amor um, der je der Phantasie des Minnesängers Jacobi vorgeschwebt hat, und verschloß ihn in eine goldne Nadelbüchse, mit gemessner Ordre, alle Functionen des Liebesgottes bei der Person zu seinem Vortheile zu verrichten, welche die Büchse öffnen würde.

An einem schönen Abend befand sich der Hof in dem königlichen Lustgarten. Ein kleiner Wirbelwind, der sich erhoben hatte, brachte den Schleier der Prinzessin in Unordnung. Sie forderte eine Nadel, um ihn wieder anzuheften. Fürst Udo eilte alsbald herbei, ließ sich auf ein Knie vor ihr nieder und überreichte ihr die goldene Büchse, welche ein gefährlicheres Geschenk in sich schloß als weiland die berüchtigte Büchse der Pandora. Die Prinzessin öffnete solche ohne Verdacht; da schlüpfte Dämon Amor in ihren Busen und verwundete sie mit seinem güldnen Pfeil. Udo entfernte sich augenblicklich, voll Unruhe, welchen Erfolg seine Unternehmung haben würde.

Des folgenden Tages wurde er mit Entzücken gewahr, daß ihn die schönen Augen des spröden Fräuleins unter dem Haufen ihrer Champions suchten. Am dritten Tage bemerkte die schlaue Aya, daß sich in dem Herzen ihrer Herrschaft zum Vortheil des unbekannten Ritters eine kleine Gährung erzeugt habe. Am vierten Tage sprach der Hof schon laut von dieser außerordentlichen Erscheinung. Der König selbst erhielt unter der Hand Nachricht davon, war darüber außerordentlich erfreut und wünschte sich Glück, daß seine weisen Maßregeln so gute Wirkung gethan hatten. Er zögerte keinen Augenblick, die verschämte Obizza um die Angelegenheiten ihres Herzens zu befragen, und sie hatte dieses so wenig mehr in ihrer Gewalt, daß sie den Schleier über das Gesicht zog und unter der Beschattung desselben das freie Geständniß ablegte, der unbekannte Ritter habe ihr Herz gewonnen.

Udo empfing zum Erstaunen des ganzen Hofes das Fräulein von der Hand des Königs als ein Mann ohne Namen. Nachdem bereits die Ehetraktate in Richtigkeit gebracht waren, befragte ihn erst der erfreute Vater der zärtlichen Braut, wess' Standes und Herkommens er sei. Und er offenbarte sich demselben nun ohne Zurückhaltung. Cruco war hoch erfreut, daß er Gelegenheit fand, das dem Fürsten von Rügen bewiesene Unrecht mit reichem Wucher zu ersetzen. Udo aber verharrte noch so lange am Hofe, bis der Thronerbe geboren war, – ein herrlicher Knabe, den Vater Cruco aus den Händen seiner Tochter voll Wonne empfing, – und nun ließ er seinen Eidam sein vormaliges Eigenthum in Besitz nehmen. Da dieser des Dämons nicht mehr bedurfte, sandte er ihn als Sperber gestaltet der Abrede gemäß mit dem Ringe im Schnabel an den freundschaftlichen Eigenthümer mit vielem Dank zurück.

Seit der Zeit hat Dämon Amor noch manches Ehebündniß gestiftet; aber es ist ihm keines wieder so gut gelungen als das mit dem Fürsten Udo und der zärtlichen Obizza von Mecklenburg. Denn wo er sonst den Freiwerber macht, da pflegt das zärtliche Paar, das er zusammengeführt, in der Folge bei der Hitze irgend eines lebhaften Hauszwistes sich leicht das freimüthige Geständniß zu thun:

Der Teufel hat uns gepaart!